JN003480

新潮文庫

# キリング・ヒル

クリス・オフット
山本光伸訳

新潮社版

11792

ジェーン・オフット・バーンズへ

月光はケンタッキーにもっとも柔らかく降りそそぐ
夏の日差しはケンタッキーにもっとも早くやってくる
絆《きずな》はもっとも強く
愛の光はもっとも長く射《さ》し込む
だが過《あやま》ちは、いつもケンタッキーで最悪の事態となる

――ジェームス・ヒラリー・マリガン

# キリング・ヒル

## 主要登場人物

ミック・ハーディン…………………米陸軍犯罪捜査官（ＣＩＤ）
ペギー……………………………………ミックの妻
リンダ……………………………………郡保安官、ミックの妹
ジョニー・ボーイ・トリバー………リンダの副官
ベロニカ・ジョンソン（ノニー）…遺体で発見された女性
フランキー………………………………ノニーの一人息子
リー・アン………………………………〃　義姉
シフティ・キシック…………………町外れに住む老婦人
ファッキン・バーニー………………シフティの息子
タナー・カーティス…………………ノニー殺害の容疑者
マービル・ノックス…………………町の有力者
デルマー・コリンズ…………………ノックスの甥
ボビー・レンフロー…………………ジョニー・ボーイの幼なじみ
タッカー老人……………………………ノニーの遺体発見者
ウィルソン………………………………ＦＢＩ特別捜査官

# 第一章

老人は長いステッキを手に、丘を歩いていた。ポドフィルムやヨモギには目もくれず、狙《ねら》いはアメリカニンジンだった。それは地面近くに育ち、下生えに紛れ込んでいる。昨年、この近辺で数本のニンジンを見つけた。場所は午後の強い日差しもなく、東向きの斜面という理想的な環境にある。腐ったニレの木が近くに倒れている。これも格好のサインだ。彼は立ち止まり、呼吸を整えた。彼は八十一歳になる。地域内では最年長者だし、それもただ一人の年寄りなのだ。

地面は露で湿り気を帯び、靄《もや》の巻き毛が枝々の上端を覆《おお》っている。賑《にぎ》やかに立ち騒ぐ朝鳥たちが上空に見える。この地で見られるのはほとんどがカシなどの硬木ばかりで、そのサイズと果実の多さから彼は気に入っていた。この種の樹木を切って割っておけば、一家族に二本もあればひと冬たっぷりだろう。

シダに覆われた狭い窪地《くぼち》の底から、老人は斜面を登りはじめた。腰のベルトには、股《また》の付いたアメリカニンジンが二本入っている。一本は大きく、根が三方に伸び、その根っこ一つでも大金になるに違いない。彼は他にも数本のニンジンを見つけていたが、まだ小さいため地面に放っておいた。あと一、二年かかるだろうが、その前にライバルが見つけないとも限らない。彼は短銃身の三八口径のピストルを持っていた。今や数ヤード離れた的に当たるかどうか定かではないが、その銃声は只《ただ》ならぬ大きさだ。そのため、彼は腰にぶら下げていた。普段ならば、これで卑劣なアメリカニンジン泥棒を退散させるに十分だった。

老人は狭い隆起を登り、ヨモギの茂みを抜けると、鈴生《すずな》りの真っ赤なベリーを見つけた。その瞬間に喜びの声が沸き起こった。それは子供の頃に、アメリカニンジンを探して歩き回ったあげくに、ようやく見つけたときの歓声と一緒だった。彼は蹲《うずくま》り、繊細な根っこを傷つけまいと、慎重に穴を掘りはじめた。やがて、掘り出すには小さすぎることがわかった。がっかりしながらも、彼は翌年の収穫に備えて、地理を正確に記憶した——百年ほど前のカシが生え、緑と色あせた赤の滑らかな苔《こけ》に覆われた石壁がある。と、何かが彼の視線を捉《とら》えた。そこにはいないはずの色合いや形をしたものだ。彼は動きを止め、空気を嗅《か》いだ。それは移動を意味するものではなく、したがってヘビではない。古い貝殻やビール缶に跳ね返った光線のような感じだ。いずれにしても、いい知らせではない——この人里離れた土地へ、誰かがやって来たのだ。

老人には不安はなく、好奇心だけがあった。彼はわずかに背中を曲げ、獲物を見つけようとするかのように、視線を前後に走らせながら木々を抜けて歩きだした。辺りは森閑としていた。背を伸ばして見ると、女が一人無様な格好で座り込んでいた。上体を樹木にもたせかけ、頭はだらんと斜面を向き、顔も背けている。彼女は趣味の良い服を着ていた。剝《む》きだしの両足を大きく開き、片足には靴がない。パンティを穿《は》いていないことからして、勝手に斜面を転がり落ちたわけではないだろう。老人は近づき、彼女の容貌《ようぼう》を確認した。家族の名前を含め、よく知っている女だった。

老人はさきほどのアメリカニンジンに戻り、黒土に膝《ひざ》を突いた。古い軍用ナイフで土を掘り、刃先を揺らして若い植物を自由にしてやる。アメリカニンジンは移植に向かない。しかしここから動かさず、死体を点検しにやって来る人々に踏んづけられるよりはましだ。とにかく、ここは死ぬには美しい場所なのだ。

# 第二章

ミック・ハーディンは〝断続的〟に目覚めた。身体《からだ》の各部分がまるで解体されたかのようなのだ。地面に横倒しになって何時間も寝ていたために、片腕がだるく、ヒリヒリする。動くかどうか両足を試してから、心は再びふわふわと漂いだした。夜明けの大気のなかで、小鳥が何羽か囀《さえず》りはじめている。少なくとも、彼を起こしたのは悪い夢ではなく、まだ何をする気かわからぬ小鳥たちだった。

後刻、彼はひどい喉《のど》の渇きを覚えて、ふたたび目を覚ました。太陽はすでに高く昇り、木立のシルエットをはっきりと見せて目を眩《くら》ませた。苦労して寝返りを打った。祖父のキャビンにほど近い森の中で眠っていたのだ。何とか座る姿勢になると、頭蓋《ずがい》の凄《すさ》まじい痛みに思わず呻《うめ》き声をあげた。拷問台《ごうもんだい》に架けられたように、顔が引きつっている。傍には空のウィスキー瓶二本の隣に、三個の石塊《いしくれ》が小さな炉を作っていた。町よりも森中がいい、彼はそう独りごちた。砂漠よりも丘陵がいい。砂よりも粘土のほうがまだました。

彼は古いキャビンの端にある貯水桶《ちょすいおけ》へゆっくりと足を運び、表面を蔽《おお》う子虫の死骸《しがい》をそっと指で掃き捨てた。両手で水を汲《く》んで飲むと、冷たい水に口が痺《しび》れた。そう言えば、ある科学者の話を読んだことがあった。その科学者は水に話しかけてから凍らせ、その結晶を調べてみたのだ。結晶は彼が何を言うかで変化を見せ、優しい口調で語られた思いやりのある言葉はより美しい結晶を形作ったというのである。それはありそうもない話に思えたが、ひょっとしたらそうではないかもしれない。人体の約六十パーセントは水分だというし、試してみるのも面白いかもしれない。しかし今は、自分の頭の痛さが問題だ。彼は貯水桶に頭をずぶりと浸《つ》け込んで話しかけた。

息を継ごうと顔を上げて思い切り深呼吸し、ふたたび顔を桶に浸けて話しかける。

彼は前日の夕刻いっぱいを、自分の過去と現在、そして未来に関わる恐ろしい話を綿々と語る自分の声に耳を傾けていた。それは、浅ましい自分自身を認め、そこから逃れるためにアルコールを必要とし、それによってさらなる沈思黙考に励むという悪循環を生んでいたのだ。そして今の彼は自分自身について、甘い言葉はないものかと懸命に探し求めていた。喋《しゃべ》るにつれて泡が頰を伝い上がり、彼は泥の味を嚙《か》みしめていた。

ミックが呼吸しようと三度目に顔を上げたとき、視界の端に車が一台停まっているのが見え、自分が錯覚したものかと思った。目を拭《ぬぐ》ってよく見ると、大型車が一台停まっており、悪いことに、人間が一人彼のほうへ歩いてくるではないか。最悪なことに、それは保安官の制服に身を包んだ妹の姿だった。そしてさらに悪いことに、彼女は笑っていた。

「何か用かい？」彼は訊《き》いた。

「あら」とリンダは答えた。「一般的な健康訪問よ。きちんとお風呂《ふろ》にも入ってる？　爺《じい》ちゃんはカラスの行水だって言ってたけどね。どう、元気？」

「銃撃されて辛うじて生き延びたって感じだな。踏んだり蹴《け》ったりだ」

「でも頭は大丈夫って感じ？」

ミックはうなずいた。その動きだけで、全身に突かれたような痛みが走る。頭はキリキリと締め上げられたドラム缶の蓋《ふた》のようで、あとちょっとのプレッシャーで彼の肉体は引き裂かれてしまいそうだった。彼は違いもなく、やり過ぎたのだ。

「コーヒーにしよう。飲むかい？」

彼は家に入った。薄いブルーのシャンブレー・シャツを着た上半身に沿って、水気が滴《したた》り落ちる。コーヒーかすの付いた、黒ずんだ四人分用のエスプレッソ・ポットをキャンプ・ストーブの上に置いた。安定フィンの付いたプロパンタンクで動くものだ。彼が火を点《つ》けると、リンダは虫が入っていないかとブリキ製の水差しを点検した。

「この水、どこの？」彼女は尋ねた。

「爺さんの井戸だ」

「ここにいつまで住むつもり？」

「ちょっと着替えてくるよ」

　リンダは軽くうなずいた。ほとんどの男性に対し、彼女はこのような素っ気ない挨《あい》拶《さつ》をする。人はみな、それぞれのちょっとしたルーティンを持っているのだ。ミックのは少し変わっていて、それは子供の頃に祖父と一緒にこのキャビンに住んだことに起因しており、その後に、十四年間の軍隊生活がある。彼は落下《らっか》傘《さん》兵として軍務を経験し、ついで米陸軍犯罪捜査部《CID》に移り、殺人課に勤務していたのだ。

　リンダは、広い客間をのんびりと歩き回った。部屋の広さそのものが時間を遡《さかのぼ》らせるかのようで、自然と彼女の歩調も遅くなった。壁に作り付けられた手製の棚には、ミックの子供時代の宝物が飾られていた――三葉虫、アメリカフクロウの縞《しま》入りの羽、それからミック自身が狭い洞穴で見つけたミイラ化したウシガエル。さらには三層の、半分に切ったハンバーガーのように見える石塊。リンダの祖父は毛布で彼女をくるみ込むと、むしゃりと食べる真似《まね》をしたものだった——月夜の配給さ、そう祖父は呼んでいたっけ。リンダはそれを思い出し、笑みを浮かべた。

リンダは外へ出た。小路《こみち》を歩き、浅瀬に掛かった木造りの歩道橋を渡って隣の斜面へと向かった。子供の頃に、彼女とミックは木枝や葉っぱを使って、浅瀬のそばに手の込んだ建造物を作ったものだった。工場やお金持ちの住人達、広い道、ホテル、さらには映画館まで備えた川沿いの〝町〟である。挙げ句に、二人は橋の上に座り、石を投げつけてその町を滅茶苦茶《めちゃくちゃ》にするのだ。狙ったとおりに直撃した時などには、歓声を上げて喜んだ。その遊びはリンダにとっても最上のものだったが、しかし今、落ち着いてそのことを考えてみると、ミックと彼女の喜びの間には歴然とした違いがあったようだ。彼女は町を作ることが好きだったが、彼女の兄はそれを破壊することに喜びを見いだしていたのである。

彼はやがてコーヒーを持って外へ出てきた。二人は橋の縁から足を投げ出して座った。そしていつものように、彼は妹が喋りだすのを待っていた、たとえ喋りだしても、短いものだとは知りながら。

「あの小川だけど、子供の頃にはもっと遠くにあると思ってたわ」リンダが言った。

「俺たちが投げ込んだ石ころでさ、二フィートばかり川底が上がったんじゃないのかな」

「あたしもそう思っていたの」

「ああ」

「つまり、あたしの考えが読めるってわけね？」

「何もすることがなくて、ここで暇つぶしに考え事をしてる時にはね」

「そんなに過去のことが好きなの？」

「最近はそうでもないさ」

「どうしたの？　ＰＴＳＤ（心的外傷後ストレス障害）か何か？」

「今は最悪の二日酔いさ」

「ＰＴＳＤに罹《かか》っていると思う？」

「たぶんね。父さんもやはり経験があるそうだ、爺さんもな」彼はコーヒーに息を吹きかけ、一口啜《すす》った。「しかし、心配はいらないよ。俺はＰＴＳＤの兆候は絶対に見せないからね」

「例えば？」

「例えば、始めるのを拒否するとかさ」

リンダは横目で彼を見やった。慎重に目の端でうかがったものの、彼が何物も見逃さず、自分の二日酔いにも当然ながら気づいていることは明らかだった。彼のこの異常なほどの注意深さは、周りのすべての人間にとって、とりわけ彼自身にとって大きな問題だった。リンダは、奥さんの妊娠については触れまいと思った。

「ペギーは元気か訊きたいんだろ？」彼は尋ねた。

「どうしてわかるの？」

「論理的に考えりゃそうなるさ。しかしお前がここにいるのは、ペギーのことじゃないんだろ？」

「ええ。あんたはなんでも知っているんだから、あたしがなぜあんたを訪ねてきたかわかるでしょ？」

「簡単さ。お前はここに制服姿でやって来た、郡の車を使ってね。そしてしばらく待っていた。用事は何だい？」

「あーあ」

ミックは楽しそうに頷《うなず》いた。彼は妹を愛していた、とりわけその乱暴な口調を。彼女はリトル・リーグで野球をした町で最初の女性だったし、また最初の女性保安官代理であり、今は保安官だった。

「死体があるのよ」彼女が言った。

「埋めりゃいい」

「あたしを外したいのよ」

「誰がお前を何から外したいんだ?」

「町のお偉い人たちがよ」彼女は言った。「市長は次の選挙で役に立つよう、この件にはロックソルト警察を使いたがるし、郡の治安判事なんて、我々に過去半世紀の事件には一切触れられたくないって。彼は州警察に任せろって言うの。裁判権を巡る馬《ば》鹿《か》っ騒ぎ。頭に来るわ。ほんとの理屈はね、女性保安官は信用ならないってこと」

「だから? ほっとけばいいことじゃないか」

「ええ。でもね、奴《やつ》らは石炭業界の大物、マービル・ノックスと仲良しなのよ。彼ときたら、潰《つぶ》れたスイカみたいにヌルヌルした男なの。選挙のたびに両サイドに金を配って、どちらが勝とうが関係ないって顔をしてる。今朝だって最初に、奴らと顔を合わせなきゃならなかった。洒落《しゃれ》た服装に身を包んだイカレポンチよね。奴らに群がる男連中を見ると、ほんと、頭にくるわ」

「そんな連中、糞食《くそく》らえだよ」

彼らは小川を見つめていた。微風がポプラを揺らし、手ほどの大きさの葉が手のひらを見せている。

「この殺人だけど」と彼女は続けた。「ここではかつて起こったことがないの」

「どういう意味だい？」

「ここエルドリッジ郡じゃ、殺人事件があれば誰がやったか大抵の人が気が付くってことよ。たいがいは隣人か、家族か、あるいは薬物《ヤク》よね。でなきゃ犬を巡って二人の酔っ払いが喧嘩《けんか》したとか。でもこれは違う。彼女はみんなに好かれてた。彼女は問題なく暮らし、敵もいなかったし、妙な連中と悶着《もんちゃく》を起こしてもいなかった」

「しかし、男一人の犯行であることは間違いない？」

「そうね。兄さんは殺人課の捜査官なんだし、あたしよりも丘には詳しい。あんたになら、みんな口をきいてくれるわ」

「それは助けて欲しいってことかい？」

「違うわ」彼女は言った。

ミックはうなずき、にやりとして語を継いだ。

「何がわかってる？」

「チョクトー・リッジに住む四十三歳になる未亡人よ。クラック山を過ぎた先に伸びる消防車用道路の外れね。名前はベロニカ・ジョンソン、通称ノニー。結婚前の旧姓はターナー。亭主が死に、ノニーとその息子は義姉の家に同居していた。二人ともジヨンソン家の人間と結婚し、どちらの夫も若くして死んだわ」

「彼らに話に行けばいい。息子が知ってることを聞き出すんだ」

「したわよ。彼はアホウだわ。誰かが母さんを森の中へ連れ出し、ゴミのように崖上《がけうえ》から投げ捨てたんだって」

「いつ起こったんだい？」

「三日前よ」

「昨日は一日、夜中まで雨だった。現場へ行っても無駄だね。すべての手掛かりは雨が流してしまっている。だから俺は外にいたんだ」

「あんた、雨の中でウィスキーを飲んで、その中で寝るってのが好きなのね？」

「そうさ」

「なぜ？」

「なぜって、イラクやアフガニスタン、あるいはシリアじゃ味わえなかったからさ。ウィスキーもなけりゃ、雨も降らなかった」

リンダは車へ行って、郡の公式認証が押されたマニラ封筒を手に戻って来た。ミックは首を振ってうなずいた。それは彼が祖父から受け継いだ癖だった。同じ部屋に二人が――祖父とミックがだが――いたとすると、まるで車の後部座席の窓際《まどぎわ》に置かれた二つの首振り人形のように、ヒョッコリ、ヒョッコリと首をうなずかせるのだった。リンダは、そんな車の後ろに続いて、赤信号で停まるのが嫌だった。

　リンダは封筒を彼に手渡した。

「犯行の現場写真よ」

「遺体を見つけたのは？」

「ミスター・タッカー。知ってるでしょ？」

「小学校の用務員をしてる？　死んだと思ってたな」

「彼はあそこによく行くの。奥さんが病気でしょ？　その世話をすることが生き甲斐《がい》になってるらしいの」

　ミックは一枚ずつじっくりと眺めながら、写真を調べていった。それが済むと、身体を写した写真を脇《わき》によけ、泥道からほかの写真を拾い集めた。次いでそれらを苔生《こけむ》した橋の上に広げ、適切な順番を探すように動かした。リンダのお気に入りの姿だ。それは持って生まれた集中力と、強烈な精神力を意味していた。玉突きの選手や弓術者、コンピューターのコーダーなどに同じシーンを見ることがあった。

「何かわかった？」リンダが訊いた。

　返事を始めたミックの声は調子が変わっていた。口調が遅くなり、ガラス越しに聞くかのような距離がある。

「あそこには車線が七本残ってる。最初の轍《わだち》は奴のもので、ほかの車がその上を走ってる。誰があそこに行った？」

「あたし。保安官代理。救急車。検視官。魚類野生動物庁の男。それに様子を見にやって来た近所の男」

「名前は？」

「ファッキン・バーニーよ」

「奴とは話したかい？」

「まだよ。一週間ずっと法廷にいたから。つまらない話でね。頭のいかれたカップルが、自分たちのばあちゃんを小屋に押し込んで、彼女の家ん中でクスリを楽しんでたんだって。とにかく、ファッキン・バーニーの調べはまだなのよ。彼は母親と住んでるはずなんで、彼女に電話したんだけど、誰も出なかったわ」

「俺が行ってみよう」

「助かるわ」

「きみのためにやるんじゃないよ」

「じゃあ誰のため？　ノニー？」

「いいや。彼女を殺した男のためだ」

「わからないわ」彼女は言った。

「ノニーの家族が何をするかわかるだろ？　犯人を見つけて銃をぶっ放す。挙げ句に監獄行きだ」

「監獄に入る人間の心配をしてるってわけ？」

ミックは小川の底を見やっていた。キリギリスが葉っぱを少しずつ食べている。彼の口調はまだ距離を保ち、遠くまで響く教会のベルのように聞こえる。

「俺はね、誰をも殺されたくはないんだ。海外で嫌と言うほど見てきたからね。止められるものなら、止めてみたいよ」

兄を知る限り、砂漠地帯でどのように過ごしたのかリンダは知らなかった。他の男たち同様、彼は決して戦争体験を語ろうとはしなかった。

ミックは立ち上がり、手を差し出した。しかしリンダはそれを無視し、二人はふたたびキャビンへと戻りはじめた。バージニアヅタが西側の壁を蔽い、急斜面のスロープのように蔓《つる》が茂っている。

「あれじゃ木材が可哀《かわい》そう」と彼女が言った。

「裏手はもっとひどいんだ」

「ね、頼みがあるの」彼女が言う。「今後は、携帯電話を持っていて。あたし四回も電話したんだから」

彼はうなずき、荒削りのステップをポーチへと上がってゆく。そんな兄を見つめながら、リンダは、結婚のことを尋ねるのはやめようと考えていた。協力すると約束してくれた兄を、ここで刺激しても意味はない。

# 第三章

ミックはアドビル四錠を一クォートの水で飲み干すと、曲がった網戸がきちんと閉まるかどうかを確認して外へ出た。何年にもわたる修理により、麻糸でくくられたり、針金が追加されたり、デニムズボンのポケットが取り付けられたりといった、継ぎはぎされたキルトのようだった。ミックの曾祖父《そうそふ》が、四部屋のキャビンを手作りしたのだ。角々《すみずみ》は未《いま》だに頑丈で、壁はどこも垂直、床は水面のように水平を保っている。彼は荒れた地形からわざわざこの地を選んだのだった。丘は切り立ち、窪地は木々を育てるには狭すぎる。ミックが九歳の時に父親が亡《な》くなり、彼は祖父とともにこのキャビンに移り住んだ。祖父は年老いた自分の父親の世話に明け暮れ、リンダは母親と町中に留まった。二人の老人は、森にまつわる知識のすべてを、大恐慌《だいきょうこう》時代にまでさかのぼってミックに教え込んだ。

彼はトラックの中の携帯電話を取り出した。妹からの連絡が四件。女房からの連絡はなし。ドイツにある陸軍基地からの電話が三件。頭痛は治まって鈍痛に変わっている。彼は横になりたかったが、思い直してチョクトー・リッジへと向かった。そこには祖父の古いピックアップ、一九六三年製のステップサイド・シボレーが置いてある。後でもし気分が良くなったら、女房のところへ行ってみようか。

　ミックは最寄りのガソリンスタンドへ車を走らせた。家族経営のガソリンスタンドまでは十二マイルある。ミックはハニー一家のことは良く知っていた。現在、仕事を切り盛りしているのは孫か曾孫《ひまご》のどちらかだ。彼らはいずれも良く似ており、いずれも暖炉壁のようにがっしりとした肩、たくましい腕、頑丈な足を持っている。頭部は長いというよりも丸っこい。みんな血色の良い赤らんだ顔をして、まずは赤く、長じて後は灰色に、最後には白に変化する、何とも手に負えない髪の毛をしている。ミックは子供の頃に、一家の最年長者と会ったことがある。男は雪のような白い髪をしていたが、レッドと呼ばれていたのだ。コンクリートになった所に車を停めた。頭上には手作りの看板が掛かっていて、〈ハニーの聖書とタイヤ〉という文字があった。

　一番若そうな奴が車に近づいてきた。

「そのトラック、おいら知ってるぜ」と彼は言った。「ハーディン、だろ?」

「そうだ。俺はミックっていうんだが、きみはだれだい?」

「ジョーだ」

「ビッグ・ジョーかリトル・ジョーか？」

「どっちでもないよ。奴らはおいらの従弟《いとこ》なんだ。おいらはリトル・ビッグ・ジョーって呼ばれるのさ。で、あんたの要るもんは何だい、タイヤかガソリンか聖書かい？必要なものは何だってあるよ」

「レギュラー・ガソリンで満タンにしてくれ。俺はこれから丘の泥道を行かなきゃならん。で、車の後ろに乗せてバランスを取るガラクタはないもんかと思ってね」

「フォードのエンジン部分があるよ、重さ二百キロはあるな」

「いくらかかる？」

「さあて」

リトル・ビッグ・ジョーはタンクのキャップをねじり開けると、ノズルを差し込んだ。口の周りに小ずるそうな薄い笑みが浮かんでいる。ミックはうなずいた。彼はこの地の〝交換流儀〟を忘れていたのだ。彼の祖父だったら、交換即売会へちっぽけなナイフを忍ばせて出かけて行き、家畜を連れて戻ってくるはずだった。

「三十ドル支払うよ」ミックは言った。

リトル・ビッグ・ジョーは痛みをこらえるように目を眇《すが》めた。そうして、ミックがもっと良い条件を出すのを待っているのだ。しかしミックは知らぬ顔で、フロントガラスのワイパーに引っかかった葉っぱや小枝を取り除き、サイドミラーをシャツの裾《すそ》で拭っている。

「エンジン・ブロックは重くってね」とリトル・ビッグ・ジョーが言った。「荷台の上で動いたりしないよ」

「なら、ことたりる」

「百と二十五ドル出してくれよ」

「無理だね」ミックが答える。

「五十で、車軸ボルトとひしゃげた薪《まき》ストーブを出してやるよ。鉄製なんだ。だけどトラックに載せるのはあんただぜ」

「七十五ドルでさ、君がエンジン・ブロックを車に載せてくれるってのはどうだい」

リトル・ビッグ・ジョーは給油を終えた。

「百ドルだ」

「九十だ」

「わかったよ。でもさ、おいらに負けさせたなんて人には言わないでくれよ」

「了解」

リトル・ビッグ・ジョーがすんなりと価格で同意したことは、彼にもこの取引で得るものがあったことを意味していた。それは、ミックに他言しないでほしいと頼んだことからも確認できる。彼は自分が利益を得ると同時に、ミックが評判を落とすところを救いもしたのだ。それが丘のやり方だった。彼らは喧嘩しながらも、相手のことを考えているのだ。

三十分して、ミックは出発した。重しを車内に置いてから、枝葉の当たる音は激減した。エンジンを載せるのに汗みどろになったものの、それも少しは落ち着いた。アクセルも効きが遅くなったが、トラックがぬかるんだ消防車用道路を突っ切れることには自信があった。チョクトーに行くには、いったん町に近づき、それからリック・フォーク・クリークに沿ってUターンしなければならない。運転しながら、彼は妹について考えた。彼女は典型的なハーディン家の人間だった。強情で、タフで、先ほどさり気ない口調で手助けを頼んだが、あれは自分のプライドをいかほどか傷つけたに違いない。彼は出来る限りのことをしてやるつもりだった。リンダはロックソルト警察の通信指令部員として仕事を始めた。五年後に、保安官代理が市民へのセクシャルハラスメントで起訴された。彼は辞職し、リンダが後を継いだ。政治家たちからすれば、それで彼らの顔が立つと思ったからである。四ヶ月前のこと、保安官がリッキング・リバーで釣りをしている間に脳卒中で倒れ、そしてリンダが昇進したのだった。

ミックは舗装道路を離れ、地形に沿って上り下りを繰り返す一車線の泥道を進んだ。低い所では湿地に生えるシダの茂みが横になびき、高い所ではハコベやホオズキなどが茂っている。消防車用道路は見つけにくい。スピードを落とし、道の始まりではなく、樹木が途切れている狭い場所を探しながら運転した。これも祖父の教えの一つだった。探索は発見能力の邪魔をする——キノコを探すな、生えている場所を覚えておけ。夜には動物の足跡を探すな、樹木のない所を探せ。その物自体ではなく、形や色を忘れるな。

この思考方法は、ＣＩＤでもミックの役に立った。彼はいつも、祖父が森の中で採用した方法を捜査に活用したのだ。眼前にある全《すべ》てに目を開き、そこにあるものを見つめ、そしてその情報を使って理解をさらに深めるために役立てるのだ。広葉樹の果実はリスの大好物だが、その根っ子の下生えの中にはヘビがとぐろを巻いているかもしれない。その果実を拾い集める前に、祖父はヘビを威《い》嚇《かく》しようと長い棒で下生えの中をかき回すのだ。咬《か》まれるのはたいてい、手か足の先だ。人間も同じだよ、と祖父は言ったものだった。ミックにその意味がわかったのは、イラクで部屋を捜索していた際、三人の戦友が敵に手を撃たれたときだった。

消防車用道路の行き詰まりで、彼は粘土地に深々と刻まれた轍に気がついた。もし彼が十分に注意深ければ、車を降りて細長い溝を跨《また》ぐ格好で急斜面を登ったに違いない。だが、滑るタイヤでハンドルが思うに任せなかったものの、荷台に置いたフォード・エンジンの重みは適切な牽引力《けんいんりょく》をもたらしてくれた。頂上では、タイヤの跡が作った泥と雨水のたまりから十分に離れて停止することができた。

急斜面の端から一歩一歩歩くにつれて、ブーツに泥水が染《し》み込んできた。狭い稜線《りょうせん》まで丘を下ると、ポケットから犯罪の現場写真を取り出し、自分の視線と写真のそれが一致するところへと移動した。遺体は斜面に三十度の角度で放置され、斜面に残った数本の聳《そび》え立つニレの木の一本に寄りかかるように座っている。地面に落ちた葉っぱは、救急隊員や警官たちによって蹴り飛ばされ、黒っぽい側が上になっていた。

ミックはしゃがむと、木枝を使って枝葉をはね除《の》けながら、地面を調べた。七面鳥の羽二本と、リスが忘れてしまったらしいヒッコリーの実の隠し場所が見つかる。彼は死体が発見された場所へ戻ると、丘の斜面を見上げた。見えるのはハナミズキとその横に立つアメリカサイカチの木だけだった。その位置関係を記憶すると、二本の立ち木を目指して斜面を登った。もし彼女が斜面の頂上から投げ落とされたとすれば、彼が今いる場所の近くで死ぬことになるだろう。サトウカエデの葉は、北を向いたほうがほんのりと黄色く色づき、西のほうはオレンジ色をしている。土地の美しさは人の死によって損なわれはしない。自然はもう馴《な》れっこなのだ。

ミックは町へ向かって車を走らせ、途中コンビニに寄って、食パンと胡椒《こしょう》入りのハムの缶詰、それにスープの缶詰を幾つか買った。ミニチュアの金物コーナーでは、ハンマーの一撃で曲がってしまうプラスティックケース入りの釘《くぎ》と、レンチで一摑《ひとつか》みすれば簡単に折れてしまうボルトとナットの取り合わせ、それに歯で嚙《か》めば容易に千切れてしまう極細のワイヤの束を売っていた。価格は高かったが、基本的な修理方法を知らない金持ちにとっては意味のあるものなのかもしれない。そんな風に考えるうちに、気分は大分良くなっていた。頭痛も消えている。彼は昼寝をしにキャビンへと戻った。

# 第四章

陽が暮れてから、ミックは町へと車を走らせた。セカンド・ストリートを西へ行き、ベイズ・アベニューへ折れ込んだ。そこはロックソルトの古い地域で、住民もほとんどが戸建ての自宅を持ち、何人かの学生が間借りしている。ポーチの灯が点《とも》るのもときたまで、ときには窓越しにテレビ画面が青く灯っている。フロントヤードには小型の自転車が転がっている。

ミックは風に煽《あお》られるシダレヤナギの下に車を停めた。ペギーのお気に入りの木で、この家を購入する際の重要な案件になったのだ。家の中から、たとえ風がなくともゆるやかに揺れる葉っぱが見える。今、彼は波打つヤナギの枝下に身体をすくめ、家の中を見つめた。二つの窓の内部で明かりが点され、時おり、人影が動く。彼の妻だった。

彼が軍務に就いた初めの頃、二人は一緒にヨーロッパ中を旅して回った。鉄道で沿岸地方の小さな町を巡り、地元の店で食事をしたり、カフェでワインを飲んだりした。彼女は十九で、彼が二十歳。二人の冒険心に富んだ旅は楽しかったものの、軍当局からの絶え間ない要請によって、ペギーにとっては一つの場所で遣《や》り甲斐のある仕事を見つけるのは難しかった。小さな町で育った気恥ずかしさから、彼女は他の軍人たちの奥さんと簡単に親しくなるわけにはいかなかった。しかしそれは、軍人家族では絶対に必要なことなのだ。ミックは永続的な仕事を願い出て、ドイツにあるバウムホルダー駐屯地へ配属になった。住居の待ち時間が三週間。それまで、二人は陸軍専用のホテル、ラガーホフ・インに宿泊しなければならなかった。五日間の話し合いの末、彼女が落ち着いて一年中住めるように、アメリカのケンタッキーに家を買うことに夫婦で同意したのだった。

　ロックソルトでの彼女はずっと幸せそうで、ミックも嬉《うれ》しかった。彼はベースにいるときは彼女の不在を悔やんだが、アメリカで二人が一緒の時には、陽気で寛《くつろ》いでいた。ケンタッキーでの彼の休暇は、二人が初めて会った頃のようなロマンティックな刺激に満ちていた。レキシントンへは何回も足を運んだし、サンドウィッチや六缶パックのビール、折りたたみ椅子《いす》などを持ってあちこちへと出かけて行った。ケイブ・ラン湖で夕日を見たこともある。

二人の新しい人生は、電話とメールの生活スタイルによって上手《うま》くいくかのようだった。ビデオチャットも試してみたが、二人とも気に入らなかった。時差が九時間あることから、どちらかがくたびれており、いつも暗闇《くらやみ》で話すことになる。昨年の冬に、彼女はマウント・スターリングの〝ローのホームセンター〟で職を得た。片道、車で四十分の距離だ。電話で聞く彼女の声は自信が蘇《よみがえ》り、笑おうとさえしているではないか。ミックはその両方に満足だった。

それから八ヶ月間、ミックはシリアの殺人事件、ドイツのグラーフェンヴェーア駐屯地で発生したレイプ殺人事件、そしてアフガニスタンの前方作戦基地《FOB》で起こった二件の殺人事件、これらの捜査に忙殺されていた。ペギーと連絡を取る時間も限られてきた――メールも短くなり、間隔が空き、電話も少なくなった。ミックは十二時間の勤務体制に文句を言い、移動電話がもっと頻繁に鳴らないことに不満を漏らした。彼は事件を解決し、ドイツの基地へ戻って来た。しかし気がついてみれば、女房との連絡はすでに六週間も途絶えていたのである。

妹という存在の昔からの流儀に従い、リンダはミックに、ペギーに電話するようにと言った。彼はそうしたが、彼女は電話に出ず、彼のメールに返信もなかった。彼はリンダに電話し、そこで次のようなニュースを得た――ペギーは妊娠しており、もうすぐ出産予定だ、と。ミックは一時的にあてがわれていた簡素なアパート内で立ち尽くし、頭の中で簡単な計算を試みた。計算はぴったりだった。彼が先回、ケンタッキーを訪れた時期とピタリと一致しているのだ。

「ミック」リンダの声がする。「ハロー。聞こえてる？」

「うん。おばさんになる気分てのはどんなもんだい？」

「彼女と話をしなくちゃダメよ」

「俺が電話しても出ないんだよ。返信も何も無しだ」

「彼女、怖いんだと思うわ。だから重要なことだと思わない限り、あんたに会いたくはないのよ」

　ミックは電話を切るなり、司令部に緊急の家族休暇を願い出た。翌日、レキシントンにあるブルーグラス基地へ飛び、車で自宅へと運ばれ、スーツケースを手に、自宅に戻った喜びと共にドライブウェイに立っていた。自宅は文句なかったが、溝は掃除が必要だ。ペギーがポーチに出てきた。彼女はスウェットパンツを穿き、膨れたお腹《なか》を気にしてか大きめのトップを纏《まと》っている。彼女は疲れたようにドアの取手にもたれかかった。彼女の髪の毛は見事なほどにふくよかで艶《つや》やかだった。腹部を気にしながら軽く抱き合うと、ペギーはカウチに腰を下ろした。

「元気そうだね」と彼は言った。「それに似合っている」

「でもリラックスできないのよ。オシッコにもしょっちゅう行くし」

「何か手助けができたらいいんだが」

「無理よ」

ペギーは痛むかのように身体の位置を直した。妻の苦痛を和らげようと、彼は口調を和らげた。

「予定日はいつだい？」

「計算どおりなら二週間内ね。可能日は三日から三週間のあいだよ。最初の子は遅くなり勝ちなんだそうよ。あたしはもう早く出したくって」

「どうして教えてくれなかったんだい？」

ペギーはちらっと彼の顔をうかがい、祖母からもらった絨毯《じゅうたん》に視線を落とした。二人の間には川が流れているようだった。彼女の返事は時間がかかり、彼の質問には焦《あせ》りが生じた。何かがおかしい。

「ペギー」彼はゆっくりと問いかけた。「どうして教えてくれなかったんだい？」

「心配させたくなかったからよ。憤激して帰って来てもらいたくなかったの」

彼女の台詞《せりふ》は矢継ぎ早に紡《つむ》がれ、それでも彼女はミックを見ようとはしない。

「他にもあるのかい？」

「ええ、ミック。あたしは間違いを犯したわ。ごめんなさい」

「いいんだよ」

「いいえ、良くないわ」

「みんな子供は好きだからね」とミックは言った。「俺たちもそうすればいい」

「貴方《あなた》の子供じゃなくっても？」

「何だって？」彼は言った。「今何て言った？」

「あなたはお父さんじゃないかもしれないのよ、ミック」

　ケロシンを飲まされ、火を点けられたような感覚だった。身体の芯《しん》からくり抜かれたようだ。事態は単純ながら、彼にはそれが自分の、いや二人の問題だとは考えられなかった。この種の問題は他の人間に起こることだ。ジェット機に乗ってドイツへ飛んで帰りたい。しかし彼は、リラックスしようと意識しながら、椅子に座りついたままだった。

「すべて、話してくれないか」彼は言った。

　ペギーは自分のお腹を見やって、

「これが全てよ」

「話してくれ」

「何も変わりはしないわ」

彼女は部屋の中を見回した。それは何か特別なもの、自分が視線を固定できるもの、現前の事態から逃れられるものを探すかのようだった。彼は椅子の中で、意図的に悠然と構えながら待った。出来るだけ深く座り、自分の頭を彼女のより低くして、社会的な優位性を相手に与えようと努力した。古いやり方だったが、効果はなかった。ペギーは、彼の椅子よりも低いカウチの上で、すでに寝そべっていたからだ。ミックは座り直した。レキシントン空港で彼はシャワーを浴び、ペギーの好きな衣服に着替えていた。リーバイスではなくリーのジーンズを穿き、袖《そで》の短いライトブルーのシャツを着たのだ。今にして思えば、彼女の趣味を考慮したことが不本意だった。自分の結婚が危《き》殆《たい》に瀕《ひん》した今、彼は改めて自分がどれほど根も葉もないことに期待を寄せていたかを意識した。

ミックは浴室へ行き、本能的に、男の所在を確認しようとした。最近使用された剃《かみ》刀《そり》、デオドラント、歯ブラシ——そんなものは何もなかったが、彼女が片付けたのかもしれない。彼は顔に冷たい水をかけ、居間へと戻った。ペギーはカウチの上で身体を動かし、余分の枕《まくら》を腰に当て、素足をスツールに乗せていた。足首がむくんでいる。

「二十分で戻って来る」と彼は言った。

彼は車を借りて薬局へ行き、父系確認キットを購入した。そして綿棒で口内をこすると、プラスティックのチューブの中に慎重に仕舞い、自宅へ舞い戻った。ペギーはまた身体の位置を変え、携帯を使ってゲームをしていた。彼はキットをコーヒーテーブルの上に置いた。

「ここに、僕のＤＮＡが入ってる」彼は言った。「血液を調べるように医師に言ってほしい。そして、結果を教えてくれればいい」

「何ですって？」

「赤ん坊が僕のものかどうか知りたい。フェデックスに頼めばいい。一週間ぐらいのことだろう」

ミックは帰ろうとした。

「どこへ行くの？」

「爺さんのキャビンだ」

彼は家を出た。ドアを思い切り叩《たた》き閉めたかったが、ペギーを驚かすのはまずいと思い直した。古い貨物駅にあるリカーショップへ向かった。彼はベスト・チャンスと呼ばれる店を贔屓《ひいき》にしていた。ビーンポールと言う名の、巨漢でかつての酒類密造者の一族が経営している店だ。バーボンを一ケース買い、タクシーを呼んだ。運転手は話し好きな男だったが、バックミラーで客の顔を見るなり、諦《あきら》めたようだった。郡の反対端まで行くと、雑草と轍が残っているだけの泥道でミックを降ろした。ミックは荷物を二マイル運んで一休みした。リュックサックがあればと思ったが遅すぎる。自分は帰って来なければよかったと思った。丘を登ってキャビンにたどり着くと、バーボンを一本飲んだ。それから九日間飲み続けたところへ、妹が助けを求めにやって来たのだった。

　今、ミックはヤナギの背後に停めた古いトラックの中で、どうしようかと考えていた。ドアに近づいたら、ノックをすべきなのか？　彼がまず声を掛けるべきか？　彼女はミックに会いたいと思っているのか？　彼女は独り混乱状態にあり、友人を必要としている。彼の誠実さはミック自身をよき働き手とし、よき兄弟、よき夫としているが、しかし、まっすぐに前進する道が見つからないのだ。そこは明らかに危険地帯だった。彼はこれまでに何回となく、中に相手がいれば自分を殺しにかかるだろうと知りながら、見ず知らずの建物の中へ踏み込んだことがある。彼は防護服を身につけ、三丁の銃と、予備の弾薬、通信機器一式、それにイスラエル製の戦闘用包帯を持っていた。しかし今の彼は自宅の外でこそこそとし、無防備である自分に戦《おのの》きながら不安に苛《さいな》まれていた。

　車が一台ゆっくりと通り過ぎ、角でまたゆっくりと曲がって行った。年寄りか、新しく免許を取ったばかりの十代の若者が運転しているのだろう。男が子犬を繋《つな》いで散歩している。ミックはこの家を買ったときのことを思い出していた。彼はローラーを、ペギーは塗装用ブラシを持ち、家の壁を塗っているときの二人はどれほど幸せだったろう。彼らは浴室の給排水装置の付け直しをやった。それは彼が考えたより単純なことだったが、決して簡単というわけではなかった。物理にごまかしは利《き》かないのだ――浄水は中へ、濁水は外へ、ほとんどの仕事は重力がやり遂げてくれた。

　彼はペギーを愛していた。それは変わることがないだろう。これほど彼が愛せる女性は他にいなかったし、美しいと思える女性も他にはいなかった。セックスのあいだ、彼女の顔は陶酔感にあふれ、あたかも薬を飲んだかのように口は小さく、目は大きくなっていた。そして、それこそが彼には納得できないことだった。セックスをしたとか彼女の子宮の中で赤ん坊が育っているとかではなく、そんな彼女の表情を他の男が目にするという、絶対に赦《ゆる》すことの出来ない不正感だった。

　芝生を横切って進み、二度ノックをし、中へ入って彼女をハグするのだ、と決心する。そしてトラックのドアレバーに手を掛けた瞬間、彼は戦地で経験した何事よりも、比べることの出来ない恐怖心に捉《とら》われた。彼はキーを回し、トラックのギアを入れ、キャビンへと戻って来た。何時間ものあいだ彼は狭い寝台に、バーボンがあればと思いながら横になっていた。全ての傷は時が癒《いや》してくれる、と聞いていたが、それは嘘《うそ》だった。時間はなにも癒しはせず、ただ忘れさせるだけだった。眠気にたぶらかされ、彼はいつしか自宅の、自分のベッドにいて、ペギーの傍らで眠りに落ちている夢を見ていた。

# 第五章

シフティ・キシックは毎朝、ベッド上の枕二つが重なり合ったりしていないよう丁寧に作り直していた。もしそんなところを見られれば、セックスをした名残だと思われかねない。夫が死んで十年ばかりになるが、彼女はその癖を直そうとはしなかった。彼女は五人の子供がいて、一人娘は旦那《だんな》がフォードの工場に職を得るとすぐにミシガンへ引っ越した。娘の一家は一年に一回、シフティの元を訪れたが、その度に、孫たちが家から出ようとしないことが理解できなかった。彼らはカウチに座り、小さなスクリーン上でゲームをするのが何よりも好きなのだった。

彼らが先回訪ねてきたとき、シフティは三つのガラス瓶に草を入れ、蓋《ふた》をして穴を開けた。夕暮れになると、クッキーをちらつかせて子供たちを外へ連れ出し、ホタルを捕まえては瓶に入れ、それを一番年下の女の子に持たせた。二人の男の子は庭の中をぐるぐるホタルを追って走り出し、シフティは自分の息子たちも同じことをしたと思い出した。ホタルのお尻《しり》が光ると、息子たちはそいつを摘《つま》み、自分たちの顔に発光体の元を塗りたくったのだ。彼らは暗闇で飛びはね、彼女はびっくりして見せた。それは彼女の記憶に刻まれており、孫たちが同じことをしてくれないかと期待していたのだ。そんな彼らを元気づけようと、シフティは緑色に輝く昆虫を指先で囲い込み、楽しそうに鼻先を虫に近づけた。途端に、孫たちは手にした光る昆虫を放し、家の中へ逃げ込んだ。少年の一人が叫んだ。「あれは生き物だよ」彼は言った。「それをお祖《ば》母《あ》ちゃんは食べようとしてるんだ」

　少年はその日一日、祖母に近づこうとしなかったが、すぐに忘れてしまった。しかしシフティは二度と彼を信用しなかった。彼女は娘の子供の育て方が気に食わなかった。いったいどういう種類の子供なんだろう――都会の子供なんだわ、と考えて彼女は納得するのだった。やがて彼らは車のホイールキャップを盗んで回り、ポケットには飛び出しナイフが潜んでいることだろう。

　シフティは自分一人で自宅を切り盛りするのが気に入っていた。彼女は二十二歳まで父親と同居し、結婚して夫と二人でこの家に移り住んだ。シフティは夫の死まで自宅に一人で住んだことはなく、今やそれが気に入ってもいた。ベッドに横になったまま、ローストビーフ・サンドを頬張ることも平気だった。近所の女性たちは、ペットを飼うようにとしきりに勧めたが、彼女は断固として言うことを聞かなかった。彼女は人の世話をすることに人生を費やしてきたのだ――父親、夫、途中で逃げ出して母親を裏切った娘、そして四人の息子たち。猫や犬を飼うことも拒んだ彼女だったが、一羽の迷いチキンを手懐《てなず》け、後ろ向きに歩くように教えたことはあった。

彼女の平和な独り暮らしは、下の息子が一人、二人と戻ってきたことで中断された。上の二人の息子とは別れたきりだ――一人は墓の中に、もう一人はサンディエゴのキャンプ・ペンドルトン海兵隊基地に行ったままである。彼女はしばらく、カリフォルニアにいる息子のことが心配だった。連続殺人犯やら菜食主義者たちがうろつく界隈《かいわい》が気になったのだが、やがて、海兵隊《マリーン》に任せるしかないと思い定めたのだった。

家の中を掃除してから、空気を入れ替えるために窓を開けた。外へ出て、スパーキーに声を掛けた。しかし鶏は機嫌が悪く、返事をしようとしない。シフティは気にもしなかった。トリって奴《やつ》は大概が気分屋なんだ。彼女だってそうなるだろう、もしも人生が地面をついばむだけで終わるのなら。最近、彼女はテレビ番組を見ていて悲しくなった。飛べない鳥、駝鳥《だちょう》の絶望的な一生に胸を打たれたのだった。破れかぶれの努力によって、スパーキーでさえ木の枝に飛び乗り、一瞬の危険を避けることができるのだ。人間は駝鳥を食べる――テレビによれば、生肉が一番美味《うま》いと言う。それにしても、屠《ほふ》るなんてことが考えられるだろうか。彼女は数多くの鶏の首を捻《ひね》ってきたものだが、駝鳥の首ではそれは無理だろう。それに、羽根をむしり取ることが待っているのだ。

　道路に土埃《つちぼこり》が立ち込め、彼女はエンジンの、それも古いトラックの音に気がついた。クラブアップルの太い木枝を迂回《うかい》しながら近づいて来る、ステップサイド・ピックアップが一台見えてきた。そのトラックに見覚えはあったものの、持ち主まではわからない。車は停まり、運転手が降り立った。ほとんどの男とは違って、彼は帽子をかぶらず、髪の毛は短かった。まるで自分で刈ったかのようにボサボサしている。洗濯待ちのような短い袖のシャツを着て、田舎者然としたラフな格好だし、髭《ひげ》だって何日も剃《そ》っていないようだ。

「こんちは、ミセス・キシック」と男は言った。「俺はジミー・ハーディンの息子で、ミックです」

「あれはお父さんのトラックなの？」

「ええ。その前は親父《おやじ》のお父さんのものでしたけどね。あなたは祖父をご存知で？」

「ずっと前に聞いたことはあるわ。お父さんのことはよく知っているけどね。あんた何となく似ているんじゃない？」

彼女はミックを見直した。礼儀正しく、庭に入る許可が出るのを待っている。

「あいつをもう捕まえたの？」

「ええっと、誰のことでしょう？」

「あんたのカミソリを盗んだ男のことよ！」

彼は髭が密生した顎《あご》に手をやった。彼女は笑顔を見せ、ついで笑い出した。

「最近、奴のことは聞いてませんがね」彼は言った。

「ポーチへ上がってらっしゃい。コーヒーでもどう？」

ミックはうなずき、庭を横切り始めた。犬が現れるかと思ったが、そいつは後ろ向きに歩く鶏だった。

「お宅で飼っているのはみんなああなんですか？」

「いいえ、違うわ。たぶん、仲間が来たと思って喜んでるのよ」

シフティはナイロンが擦り切れかかったローンチェアのほうへ身振りした。その袖には、テレビのリモコンがクロステープで貼《は》り付けられている。彼女は家の中へ入った。網戸が一度大きな音を立て、それからシュッと閉まる。彼女が好きな物音だった。

ミックが座ると、古い椅子が軋《きし》った。ブーツの踵《かかと》を床に付けて足を伸ばす。ポーチからは、やって来た泥道と、小川を縁取る木々の列と、その向こうの切り立った断崖《だんがい》が見えた。微風が立ち、横手からマウンテンミントの香りを運んでくる。鶏は相変わらずせっせと後ろ向きで庭じゅうを歩き回っている。ミックはふと、こいつは後ろ宙返りをするんじゃないかと思った。

シフティは二つの椅子のあいだの小さなテーブルに、コーヒーカップを二つ置いた。

「そのテレビのリモコンだけど、あんた不思議に思っていたんじゃない？」

「こうしておけば、無くなりませんからね」

「その通りよ」と彼女は言った。「ウチの子供たちが集まると、なんでもかんでも一緒くたになっちまって。それを探してウチの中を引っ掻《か》き回すのにくたびれ果てたのよ」

「俺が伺ったのも、まあ、そのお子さんたちのことなんです」

「誰かしら？」

「ええと」とミックは少し躊躇《ちゅうちょ》した。「あんたの二番目の息子さんだったかな」

「ああ。ファッキン・バーニーね。今ここにはいないわ」

「あなたもそう呼ぶんですか？」

「ウチはね、みんながニックネームで呼ぶの。シフティだってあたしの本名じゃないわ。カミール・リトルトンが本名よ。ところが結婚すると、旦那がシフティって呼び始めたの。だってあたしが着たのは、母さんが作ってくれたシフトドレスだけだったからね。今じゃウチには、クリケット、ジンボー、ジューンバグ、シートロック、ドゥードル、リケッツとまあ、選《よ》り取り見取りだわね」

「リケッツというと、くる病じゃないですか」

「当ったり。でも彼は罹《かか》ったことはないわ。ただ、がに股《また》で生まれたってだけ」

ミックはコーヒーをすすり、顔をしかめた。朝からずっと沸かされ、煮詰まった代《しろ》物《もの》だ。それが腹にこたえ、残ったウィスキーと一戦を交えつつある。吐き気が襲い掛かり、それは堪《こら》えたものの、今度は激しい発汗作用に襲われ、全身に汗が吹き出した。

「何かにおいがするわ」

「俺でしょう。二日前にたっぷり飲んだもので」

「思った通りね」彼女は言った。「でも、あたしにとっては不愉快じゃないの。日曜の朝には、主人がいつもそんなにおいをしてたもの。だけど、あたしの子供たちは酒よりもマリファナね。あんた、あれを吸うの？」

「ええ、やったことはありますが、好きにはなれませんでしたよ。神経が苛立《いらだ》ってくるんです。みんなリラックスして陽気になるんだけど、俺は違ったな」

「あたしは頭が痛くなったわ」

「ただ量が少なかっただけかもしれない」

「ファッキン・バーニーもそう言ったのよ。でもあたしは二度とやらなかった。彼がいつ戻って来るか知らないけど、あんたここにいて、一日中、あたしとコーヒーを飲んでりゃいいわ。何かトラブルなの？」

「俺は警察とは無関係なんで」

「でも妹がいるじゃない」

ミックはうなずいた。彼女の執拗《しつよう》な視線を避けて、彼はまたコーヒーを飲んだ。コーヒーを飲むと途端に目が潤《うる》み、彼は諦めた。シフティは家の中に取って返し、小さなプレートを手に戻って来た。

「残り物のソーセージと朝の残りのビスケット」と彼女は言った。「何か胃袋に入れる必要があるわ。あたしはコーヒーをもう少し濃くしないとね」

ミックは遠慮せずに食べた。自家製のビスケットとポークパイを平らげ、終わると両手をズボンにこすりつけた。

「で、あたしの息子にどんなご用？」彼女が訊《き》いた。

「二、三日前の夜に、女性が一人、チョクトーで殺されたんです。お宅の息子さんが近くにいたとかで、車を見ているんじゃないかと。それに、ロックソルトのお偉いさんたちが、妹の邪魔をしに出てくるみたいなんで」

「彼に言っとくわ」彼女は言った。「あんた、ニックネームはあるの？」

「訓練キャンプでは、みんながニックネームを使うんです。でも、ご婦人の前で披露するのはちょっと……」

「あら、ありがとう。そんな風に扱われるのは久し振りだわ」

「ご馳走様《ちそうさま》でした。ビスケット、最高でしたよ」

彼女は笑った。年齢を忘れるような笑顔だった。かつては良く笑う女性だったのだろう。それを思い出してくれるといいのだが。

「ここは美しい場所ですね」彼は言った。

「人生の大半を過ごしているからさ。あたしはね、一度ワイルドキャッツのゲームを見にレキシントンまで行ったことがあるんだ。つまらなかったよ」

「負けたんで？」

「いいや、勝ったよ。でもね、その夜、見に行ったのはあたしだけじゃなくってね。ひとつ所に大勢の人がいると、マリファナを吸ったような気分になる。気分がザワザワしちゃってさ」

ミックはコーヒーの残りを飲み干した。手足が痺《しび》れるかのようだ。彼は立ち上がり、彼女に向けて笑みを浮かべ、トラックへと向かった。それがカーブを曲がって消えるのを、彼女は黙って見守っていた。彼が来たのはいい話じゃないわね、女は独りごちた。ひょっとしたら、それどころじゃないかもしれない。シフティは部屋に取って返すと、息子を呼びつけ、気を付けるようにと伝えた。

# 第六章

アスファルト道路を二、三マイル行ったところで、ミックは歩いている男を見つけてスピードを緩めた。回り込み、トラックを停める。丘陵地でヒッチハイクする者はいない。誰かが歩いているなら、それは車がないからであり、森を突っ切って行くには遠すぎるのだろう。男はドアを開けて、トラックに乗り込んできた。ミックより二、三歳若く、ブーツにジーンズを穿き、ワークシャツのボタンを袖口で留めている。男は恥ずかしいのか、顔をそむけたままだった。

「俺はミック・ハーディンだ」

「ハーディンの人たちなら知ってるよ」と男は言った。「リンダとは、昔学校に通ったんだ」

「俺の妹だよ」

「今は、保安官をしてるって聞いたけど」

「ああ」

「何か面倒を起こしても助かるね」

「そうだな」ミックは言った。「まだ試しちゃいないけど」

「取ってあるんだ？」

「まあね。無駄遣いする気はないよ。きみは誰だい？」

「マリンズっていうんだ。反対側の窪地《くぼち》に住んでる」

「で、きみの行く先は？」

「少し上った所だよ。三つ目の窪地を下がって右へ曲がる」

ミックはうなずいた。道路は小川に沿って続き、そこでは前回の大嵐《おおあらし》で水嵩《みずかさ》が増して、ゴミが木々の半ばまでからまっている。マリンズ家の連中はほとんどが、尾根を越えた丘陵地の奥に暮らしていた。そのような土地に住みたがるというのは、町から離れていたいという強い意志があるからだろう。ダニエル・ブーンがこの地へやって来た時には、メランジェン族はすでに丘陵地に住んでおり、彼らはその末裔《まつえい》かもしれない。今や身内でもメランジェン族とは呼ばないものの、彼らはそのことを不面目だと見なしているという。それが果たして事実かどうか、ミックは確かめたわけではない。単なる偏見ということも考えられるのだ。

窪地へと延びる泥道へ差し掛かったところで、男は顎をぐいと上げて方向を示し、ミックは曲がろうとスピードを緩めた。道は平坦《へいたん》になり、強風で枝を落とされたポプラが立ち並んでいる。

「ポプラの老木ってのは見たことがない」とミックが言う。

「森の中の厄介もんさ。ポプラは燃料にも家作りにも役立たずなんだ。伐採するんだって大変だ。嵐がやってきてポプラをなぎ倒す、それを俺たちが掃除するってわけさ」

「他の木はどうなんだい？　鳥とかは？」

「うん。神様がここにいろってんだから、みんなそれぞれに理由があるんだろうね。おいらの気になるのはマダニだよ。いったい何の取り柄があるんだろう」

「さあて」とミック。「オポッサムはマダニを食うだろ。でもそれが主食ってわけじゃないらしい」

「おいらは好きだよ、オポッサムがさ」マリンズが言った。「みょうちきりんな動物だ。だってあいつら、最後にゃ二つに分かれるオチンチンを持ってるんだ。そしてメスのオポッサムの鼻ん中でセックスして、メスはくしゃみして赤ん坊を自分の袋の中に生むってんだからね」

ミックはうなずいた。子供の頃に聞いたその話は彼も大好きだったし、それが事実ではないにしろ、未《いま》だに好きだった。しかしマリンズ相手に、真実を突き詰めるつもりはなかった。この丘陵地でそんな問題で揉《も》めたりしたら、殴り合いか銃をぶっ放すしかなくなってしまうだろう。

ミックは最近の雨で湿っているだけの小川の底に車を走らせ、丘の頂上でカーブを曲がり、小さなフロントポーチのある家にまでやって来た。一方の端にはヒッコリーの支柱がブリキ屋根を支えているが、反対側の端には支柱がない。そこには、ポーチの床に打ち込まれた目付きボルトに繋がれ、四本の脚をきっちりと縛られたラバが横たわっていた。轡《くつわ》につながれた鎖のために、ラバの頭は動かない。ラバの背には木製の椅子が乗っかるように置かれ、腹帯に括《くく》り付けられている。そして椅子の横木がポーチの端を支えていた。

ミックはラバを驚かせないよう、静かにトラックを停めた。

「いやはや」と彼は言った。「こんなもの見たことがないね」

「当座のもんですよ」

「あの椅子をサドルに使ってるのかい？」

「いえ。ラバはあの格好でやって来たんで」

「どういう意味だい？」ミックが尋ねた。

「姉貴のボーイフレンドてのが酒好きでしてね。昨夜、ポーチの端に車をぶつけて、支柱を折っちまったんですよ。で、今朝方、彼の親父さんがラバを連れて来たんだ。その時にはもう、ラバには椅子が乗ってましたからね。親父さん曰《いわ》く、新しい支柱は後で持ってくるってさ」

「ラバの名は？」

「ジョー・ジョー」

「何かトラブルは？」

「いいや。あいつはただ、仕事をするのが嫌いらしい。拙《まず》いのは、馬みたいに小便をすることだね。母さんが嫌っちゃってさ」

ミックが笑い、マリンズもラバを初めて見るかのようににやにやした。二人は十代の少年のように笑いながら、トラックに座っていた。マリンズがドアを開け、降り立った。

「乗っけてくれて有り難う」彼は言った。

「あのラバ、あんまり居心地よさそうじゃないな」

「確かに」

「きみならポーチを直せるよ」

「おいらはきこりなんだ。大工じゃないぜ」

「しかし道具類はあるんだろ？」

「ハンマーに釘《くぎ》、スクリュードライバーが何本かとレンチだね。男ならみんな同じさ」

「メジャーテープはあるかい？」

「いいや、壊れちまった」

「だったら、ロープはあるかい？」とミックは続けた。「十フィートそこらありゃいい。それと俺が乗れるもんだな」

マリンズはうなずき、ラバを避けるようにして家に入って行った。ミックはポーチへ行った。ミックが触ると、ラバの首は汗に塗《まみ》れ、全身を細かく震わせている。鎖がジャラジャラ鳴り、ジョー・ジョーは筋肉を振るって縛《いまし》めを解こうとする。マリンズが一巻きにした木綿ロープを持ち出してきた。もう一方の手には、スプリング・グローブ・デイリーの牛乳用の古い木枠を持っている。

「あいつに何か話してくれ」とミックが言った。

「何を？」

「何だっていいよ。あいつが落ち着いてくれればいいんだ。だから何を話すかよりも、いかに話すかだ。奴は馬で、まだ調教も済んでない。お前はそれに馬具を取り付けようとしてる。そう思って静かに、自信をもって話してくれ」

ミックは木枠をラバの横に置き、その上に乗った。

「おいら、地図を持ってたことがあるんだ」とマリンズはラバに話しかけた。「折りたたまれた、かなり上等な地図だったよ。赤い線とか青い線とか、それに小さな写真も入ってる。でもその地図にはここの場所が載ってなくってね、それでおいらは捨てちまったんだ。地図なんて関係ないさ。どこに丘があるかわかりゃいいんだ。北にはオハイオがあって、それからいくつか湖があって、その先がカナダさ。西のどっかにレキシントンがある。お前はラッキーだよ、ジョー・ジョー。お前にゃ地図なんかいらないもんな。お前のやることってのは、まっすぐ行って、回れ右して戻ってくる。そいつを何度でもやりゃいいんだ」

ミックはロープの一方の端をポーチの天井に留めると、ゆっくりと残りを解《ほど》き始めた。ラバは全身を震わせ、蹄《ひづめ》をオークの横木にぶつける。ミックは自分の危うい立場を承知していたが、それでも何とか持つだろうと考えていた。

「なあ」とミックが柔らかい口調で言った。「そのロープを持って、床にタッチするところで摑《つか》んでいてくれないか。でも力任せに引っ張っちゃいけない。木綿はすぐに伸びて、こっちを振り落としかねないんだ」

「力任せにって、よくわからないよ」

「とにかく、軽く摑むんだ」

マリンズは指示されたように蹲《うずくま》った。ミックは木枠から下りると、ポケットナイフを取り出し、ポーチの端でロープを切った。

「おいら、まだ奴に話しかけたほうがいいかい？」マリンズが訊いた。

「いいや。チェーンソーを持ってきてくれ」

マリンズは立ち上がった。馴染《なじ》みのある仕事に顔が輝いている。彼は立ち去り、やがて二十インチのバー付きの、チェーンがオイルで光っているマッカラー・チェーンソーを持って現れた。

「満タンで抜群の切れ味だ」と彼は言った。「だけど、あのラバをちょん切る気はないからね」

「その言やよしだ。さて、トラックに乗ろうぜ」

彼らは小川に沿って下り、泥道に出ると、台風にへし折られたポプラが並ぶところへやって来た。ミックは何本かポプラを見やり、真《ま》っ直《す》ぐながらあまり太すぎない一本を選んだ。ロープを使って大体の長さを計ると、小枝を払い、両端をフラットに切り落としてくれとマリンズに頼んだ。マリンズはすぐさま、チェーンソーなど鉛筆ほどの重さもないかのように取り扱い、仕事に取り掛かった。やがて、出来具合に満足して仕事を終えた。ミックはロープを使って長さを確認し、裸にされたポプラをピックアップの荷台に乗せると、マリンズの家に取って返した。ジョー・ジョーは大人しくしていた。

「きみはマッカラーが気に入ってるようだね？」ミックが訊いた。

「もちのろんさ。子供の頃に、ラジオの宣伝で聞いて以来、こいつと仲良くしてるんだ。ほら、〈スワップ・ショップ〉って番組だよ。覚えてる？」

「さあて。どんな風だっけ？」

ミックは思い出したが、歌詞を聞いてみたかった。マリンズはすかさず乗って来た。

〝理由があるぞ、
みんなが買いたがるのは……
ロックソルトの
モナーク・サプライで、

マッカラー・チェーンソーだ！〟

チェーンソーの轟音《ごうおん》とともに、〝宣伝広告〟は止《や》んだ。二度の甲高い咆哮《ほうこう》につづいて、悲鳴のような音が丸太を切り落とした。マリンズは本物の轟音に負けまいと声を張り上げていたが、やがて二人は笑い出した。人間の歌声に、二羽のムクドリが慌《あわ》てて家横の荒れ地へと逃げ出した。

「ポーチへの時間だ」とミックが言う。

二人は木材をポーチへと運び、蹴《け》とばされないようにラバの背後に置いた。ミックはその先端を、天井を作っているツーバイシックスの骨組みにくっつけた。

「家には誰かいるかい？」

「お袋と親父がね」

「しばらくここへ出てこないように言わないとな」

マリンズは言われたとおりに伝えに行き、すぐに戻って来た。ミックは首を伸ばし、ポーチに括り付けられているラバの窮地を思いやった。行動の手順を考えなくてはならない。いずれにしても、蹴とばされる危険性は大だ。彼はまず、両前足のけづめを縛っている縄を解いてやった。ラバは身動《みじろ》ぎし、前足を伸ばし、頭を後ろに振り向けようとしたが、鎖がそれを許さない。後ろの蹄が傷ついた横木を引っかき、新たな傷を残した。

「落ち着けよ、ジョー・ジョー」とミックが声をかける。「もうすぐだぞ」

「小便をしなきゃいいんだけどな」とマリンズ。「溺《おぼ》れそうになるんだから」

ミックはポーチの隅に行き、うずくまった。ポーチ床の目付きボルトに鎖で繋がれた馬具は、鋼鉄製のクリップで押さえられている。ミックは前に上体をかがめ、鎖を外した。その途端に、ラバは横に頭を捻《ね》じ曲げ、ミックの前腕に咬《か》み付いた。彼はポーチから後ろ向きに倒れ落ち、草叢《くさむら》を転がった。シャツに血の染みが広がる。彼は立ち上がり、傷を調べてみた。それほど酷《ひど》くはないが、軽いものでもない。

マリンズが笑い声を上げた。

「あいつ、ワクチンを打っているのかな?」

「知らないよ。おいらのラバじゃないし」

「知る必要がある。狂犬病を持ってるからな」

狂犬病の恐怖は、ドアを叩き閉めたようにマリンズの笑顔を消し去った。彼は不安そうにうなずいている。

「すまんけど、石油とダクトテープを用意してくれないか」ミックが言った。

マリンズは小屋へ行き、ラベルの取れた一ガロン入りの容器を持って戻って来た。オレンジ色の液体が半分ほど入っている。ミックはまず、傷口に石油を振り掛けてよく洗い、次いで自分のTシャツを切り裂いて前腕に巻き付け、ダクトテープでしっかりと固定した。縫う必要がないのが救いだった。ミックはかつて、撃たれたり刺されたりしたことはもちろん、鼻を砕かれたり、肋骨《ろっこつ》に亀裂《きれつ》が入ったり、あるいは足に榴《りゅう》散弾《さんだん》を食らったこともある。しかし、ラバに咬まれたのは初めてだ。

彼はポーチの端、ラバの後ろ足の側に立った。束縛された足首は床に押さえ込まれ、分厚い皮ひもでしっかりと結ばれている。

「コーンナイフが要るな」とミックが言った。

マリンズは足早に立ち去り、刃わたり二フィートのナイフを手に戻ってきた。

「下がっていろよ」とミック。「何がどうなるかわからんし、ラバと決着を付けるつもりもないんでね」

彼はコーンナイフを振り上げ、両足を縛っている紐《ひも》を切断した。自分が自由になったことが飲み込めなかったように、ラバは立ち上がって一瞬躊躇した。続いて四本の足を後方に蹴り出すや、一気にポーチから飛び出した。椅子《いす》が横に飛び、木に当たって砕けた。ジョー・ジョーは中庭を走り、横木を渡した柵《さく》を飛び越え、森の中へと姿を消した。新しいポプラの支柱は、屋根が少したわんだものの、無事だった。ミックは斜めに二・五インチの釘を打ち込んで支柱を留めた。

「ありがとう」とマリンズは言った。「こんなことをあんた、どうしてやったのかな？　ジョー・ジョーが可哀想《かわいそう》になって？」

「こう考えりゃいい。あのラバがお宅のポーチに長々とつながれていて、仕事ができなくなったとする。親父さんは息子の一人に文句を言うだろう。息子は今度はポーチへやって来て、お前に文句を言う。誰もが自分のしたくないことを次々にやるわけだ。お前も彼に何かしなきゃ気が晴れなくなる。するうちに俺の妹のところへ問題が持ち込まれて、誰かがムショ送りになるって寸法さ。つまりだ、あれはジョー・ジョーのためだけってわけじゃない。みんなにとっていい話なのさ」

「あんた、ラバを見てそんなことが頭に閃《ひらめ》いたってことかい？」

「まあ、そういうわけだ」

「へっえー。あんた頭がいいんだね」

「咬まれるくらいだから、頭がいいかは知らないよ」

ミックはトラックに乗り、ラバの飼い主の男の家まで行った。驚いたことに、彼は隣の窪地に住んでいた。ジョー・ジョーはすでに自分の囲いの中にいて、ミックはトラックから出ないことにした。その家の男は胴の短い、それでいて力強い腕をしており、片足を引きずるように歩く。彼は獣医の発行した予防接種の証明書を持っており、それを確かめて二人とも安心したのだった。

　ミックは窪地から抜け出した。カラスがスズカケの木から、彼の行動を追跡するかのようにけたたましい鳴き声を発した。トラックはトウワタと熱気にうなだれたノラニンジンが肥沃《ひよく》に茂る道を縫うように走った。疼《うず》くような腕の痛みを別にすれば、今朝は丘陵地でも格別にいい日になりそうだった。

# 第七章

リンダは自分のオフィスに座り、二十年前のファックスが一ページに付き二分かけて文書をカタカタ送り出すのを待っていた。電話システムはプッシュ・ボタン式だし、コンピューターは古くて大きく、デスクスペースの三分の一を占めている。郡装備品のほとんどは軍の余剰物資で、使っている車は、配達時にコンクリートのパーキングエリアにひびが入ったという、自重二十トンもの装甲トラックだ。これまでのところ、このトラックの唯一《ゆいいつ》の使い道は、チャリティ・ショーで男たちがロープで引っ張り合ったということくらいだった。

今週までは、彼女もオフィスでの自由時間を楽しんでいた——質素な机、書類用キャビネット、ケンタッキーの州旗、それから金の力で知事の仕事に就いたどこかの阿《あ》呆《ほう》の肖像画、等々。彼女はそれらをきちんと、手際《てぎわ》よく配置していた。個人的なものは何も置かれていない。オフィスにはドアが一つあり——小さな地方自治体にしては大きすぎる代物だ――、普段は開け放してあった。そして夜になると鍵《かぎ》を閉め、自分の名前が彫られた真鍮《しんちゅう》製のメタルにいつも必ず親愛の一瞥《いちべつ》をくれるのだった。今はしかし、死体があり、彼女は仕事のすべてが気に食わなかった。

　保安官となって最初の週に、彼女は副官としてジョニー・ボーイ・トリバーを選んでいた。長期にわたる、暴力的な家族間の確執により、トリバー一族は百年前に不愉快なスタートを切ったのだが、彼の一派は五世代目からは何とか受け入れられるようになっていた。ジョニー・ボーイは誰とであれ、問題を問わずいつでも話すことができた。この特徴は、女性捜査官の存在に懐疑的な風土では実に意味のあることだった。リンダが最も驚いたのは、彼女に不信の目を向けたのは男たちよりも、年配の女性たちに多かったことである。それは実に下らないことであり、旧式のファックスマシーンが次々に送り出す、雑誌のページもかくやと思われるピカピカの用紙を黙って見ているのと同じようなものだった。

　ジョニー・ボーイは保安官事務所内を歩き回り、時おり彼女のドア前を行き来しながら、散歩したがっていることを知らせる猟犬のように上司の様子を窺《うかが》っていた。彼は猟犬のような甘い鳴き声を出すわけではないものの、人間として喋《しゃべ》りすぎるのが難だった。ファックスマシーンがカタカタ音を立て、一瞬後に停止して、破れた紙がまるで白旗のように顔を覗《のぞ》かせた。リンダはうなり声を上げ、ジョニー・ボーイを呼ばわった。彼は普段にない機敏さで戸口に顔を見せた。

「どうしました？」彼は言った。「ファックスに毛玉でも？　僕が見てみましょうか。たまには僕だって直しが出来るんです。きっと今日がその日だな。僕が直しのムードに入ってるってのが素晴らしい！」

「ちょっと出かけるわ」

「てことは、僕はここにいるってことで？」彼の口調は急に嬉《うれ》しそうになった。「電話番でも？　ほんとに、何でも起こりますからね」

「違うわ。あんたも一緒に来て、話を聞いてもらいたいのよ」

彼女は兄に電話をかけ、検視官のところで会いたいのだがと告げた。ミックは一声うなり、電話は切れた。彼があそこにいることを知っているんだから当然よね、と彼女は思った。リンダとジョニー・ボーイは二マイル先へと向かった。郡の検視官オフィスを兼ねた葬祭場だった。ジョニー・ボーイは無言のままで、それがリンダは嬉しかった。彼は葬祭場が嫌いなのだ。誰も好きではないだろうが、彼の場合は、単なる不安が恐怖へと変わっている。彼はそこが発生源となっている全《すべ》ての迷信を信じていた。

途中、渋滞に捕まり、なぜ検視官がファックスを送ったかを理解した。土曜日の午前中であれば、子供たちが大々的にサッカーの交流試合を楽しむこともあるが、ロックソルトでの車の洪水は葬式を意味している。駐車場は入り口近くで車が密集し、残りのスペースは物故者の家族のために空けてある。彼女は車を停めたが、外へ出ようとはしなかった。最後に必要になるのは、保安官による実力行使だ。しかしそうなると噂《うわさ》が広まるだろう。葬儀には近親者全員が寄り集まる。森の中に潜んでいた極悪人でさえ、だ。こんなとき、彼女の前任者はよく、召喚状を手渡そうと待ち伏せしていたものだ。

「死んだのは誰？」と彼女は訊いた。

「ファトキンスとこの息子の一人ですよ」ジョニー・ボーイが答える。

「まだ若くなかった？」

「若いってのはどうでしょう。息子が八人いて、すでに五人死んでます。心臓麻痺《まひ》でしたが、四十六歳ですからね。四人の子供と六人の孫が残ってます。奴は暗渠《あんきょ》の修理工としてレキシントンで働いてました。三時間の車の運転と、泥の中での八時間労働が命取りになったんでしょう。奴はその仕事を二十三年もやったんです。三度目の心臓麻痺でしたよ」

「あんた、数字を覚えんのが得意なんだね、ジョニー・ボーイ」

「数学は得意でしたからね。それに、死亡記事を読むのも好きだった。あれにはあらゆる種類の情報が入ってますから」

「今度死んだのはどの息子？」彼女は訊いた。

「フェイスです」

「そんな名前、誰がつけたの？」

「まあ、ファトキンス一家ってところでしょうね」ジョニー・ボーイが答えた。「国のほかのところじゃ、僕たちよりみんな長生きでしょ。つまり、僕たちはみな若死にするんです」

「どういうこと？」

「寿命ですよ。他はどこでも、毎年人々の寿命は少しずつ長くなってる。ところが、我々の寿命は平均的に短い。そんなことが起こってるのは、国中どこを探したってありゃしません。二十年前のこの地の寿命は、今よりも長かったですから」

「丘陵地が人間を殺すってことね」

人々がダブルドアから姿を見せ、ゆっくりとした歩調で歩き、子供たちが車に向かって走り出す。建物の背後から十代の若者が二人現れた。たぶん、タバコでもこっそり吸っていたのだろう。最後に立ち去るのは母親で、両側から若い女性たちに抱えられている。ファトキンス一家が立ち去るのをリンダは見守った。と、ミックのトラックが敷地内に入り込んできた。そして彼女の隣に停止すると、窓を引き下ろした。

「タイミングはピッタシね」と彼女はミックに言った。

「俺は路上で待っていたんだ」

「あの草っぱらで？」とジョニー・ボーイが口を挟んだ「あそこは良《い》いですよ。原っぱ越しにずっと見えるでしょ。あそこには時にポニーたちがいるし、ヒマワリだって一杯だ。僕は一度、半マイルほどの長さで、柵の横棒ほどの薄さの平たい雲を見たことがありますよ。あれはまるで、空に描かれた白い一条の縞《しま》模様みたいだったな」

ミックはトラックの窓を巻き上げ、リンダは副官に黙るように言った。三人は見てくれからも新しい、黄色い線も輝いて見えるアスファルトの上を歩いて行った。葬儀場は高い尖端《せんたん》を持つピラミッドのように広々としていて、背後の丘には、白く塗られた細長い建物がある。その平たい屋根の全長を使って、一文字七フィートの〈ＭＯＴＥＬ〉という文字が書かれている。隣のドアはファーストフードの店で、揚げ物が専門らしい。

「新しいのよ」とリンダがミックに説明する。「管内では最初のモーテルね」

「食って、寝て、死ぬ、か」とミック。「これほど手軽な場所もないな」

「腕はどうしたの？」

「ラバに咬まれたんだ」

「カミツキガメじゃなくてよかったすね」ジョニー・ボーイが言った。「奴ら、雷にでも打たれない限り放すもんじゃない。時には、嵐が来るまで一週間近く待つことだってあるんだ。それ、ダクトテープですよね？　衛生的じゃないかもしれない。僕が診てあげましょうか？　僕はね、フランクフォートで野戦治療のコースを取ったんだ。学ぶべきことは全て学んだな」

「彼、何とかしてくれよ」とミックが言い、

「無理ね」とリンダが答える。

「ねえ」ジョニー・ボーイが言った。「僕はあんたがたが兄妹だってことは知ってるし、僕のことを知らんぷりするのは無しですよ。だって、ここにちゃんとこうしているんだから」

「わかってるわよ」リンダが言った。

中に入ると、リンダは先頭に立って玄関広間を通り、階段を下って今は空っぽの告別室を通り抜けた。小さな事務室を通り過ぎると、中では女性が一人、旧式の計算機

で数字を弾《はじ》き出している。彼女の髪の毛はきっちりと巻き上げられており、まるでフェイスリフトを図ったかのようだ。ジョニー・ボーイは急にしとやかな態度に変化し、初めて生身の女性に出会ったかのように熱烈に手を振って見せた。彼らは奥に進み、次のような掲示のあるドアをノックした。

**マーキス・スレッジⅢ　葬儀主事**

壁際に、豪華な椅子が四脚並んでいた。スレッジ家は五十年間にわたって人々を埋葬してきた。それは祖父がベトナムから、埋葬技術と、キリスト教への篤《あつ》い信仰心、そして社会への奉仕という情熱を持って帰還して以降、一族の仕事となったのだ。小さな町ではよくあるように、葬儀屋には噂話やゴシップやらが集中する。しかしそれらも、ミスター・スレッジの家族と教会への献身的な貢献により、よくある悪評のように消え去った。しかしこんなことを言う奴もいる。リンダの記憶によれば、アフリカ系アメリカ人の別のマーキス・スレッジが、メンフィスで葬儀屋を営んでいるというのだ。

この地のミスター・スレッジが死ぬや、息子が仕事を引き継ぎ、郡検視官を三十年間にわたって勤めた。マーキス・ジュニアが引退すると、彼の息子が反対もなく選任された。彼が最初にやったのは、赤ちゃんを産んだ両親にお祝いを贈るという、不評の宣伝広告を中止することだった。それは、赤ちゃんが死んだりした場合には不愉快な思い出を残すことになり、一方、スレッジ家としてはビジネスを続ける必要があったのだ。

ドアが開き、マーキスが意図して地味なスーツに黒い靴という格好で現れた。彼の表情が絵に描いたような悲痛さから、取って付けたような陰気さへと変わった。

「ファックスを送ってすみませんでした」と彼は言った。

「こちらが読もうとする前に、機械が壊れてしまったんです」リンダが言った。「で、どうせなら伺ってはっきりさせたほうが早いんじゃないかと。葬儀の邪魔だったらすみません」

「今日はもう終わりました」マーキスが言う。「あのファトキンス家の方々は、どうも運に恵まれていないようで」

「きっと料金の割引をせがむでしょうね？」とリンダ。

「彼らには初めからそうしてあります」

「ジョニー・ボーイはご存知よね」彼女は続けた。「こちらは兄のミックです」

マーキスは二人の男たちを見やった。父親から、握手の手は出さないようにと教わっている。葬儀屋に手を触れたい人間はいないのだ。ミックは手を差し出して相手をびっくりさせ、ジョニー・ボーイは床を睨《にら》んだままだった。

マーキスは三人を連れて廊下を歩き、分厚い鋼鉄製のドアを開けてから、ニトリルの手袋を着けるように言った。部屋の中央には金属製のテーブルがあり、その横には特殊な器具類で一杯のカウンターがある。ジョニー・ボーイはそれらを見つめ、息を吸い込み、目を逸《そ》らせた。マーキスはシーツの端を折りたたみ、ゴム製のブロックに乗せられた女の頭部が現れた。

「死因は窒息です」彼は言い、変色した首の部分を見せた。「チアノーゼもあります」

「青っぽくなってるでしょ？」リンダはそうジョニー・ボーイに説明した。

「そうです」とマーキス。「結紮《けっさつ》マークもありません。両手による絞扼《こうやく》を示すものもありません」

「防御痕《ぼうぎょこん》は？」ミックが訊いた。

「ありません……しかし、他に説明が必要なことがあります」

ジョニー・ボーイのしかめ面《つら》が、恐怖の表情に取って代わった。胸を大きく、爆発しそうに喘《あえ》がせている。マーキスがそんな副官の様子を見つめ、低い声で言った。

「ここで倒れたりしないでくださいよ」

ジョニー・ボーイの顔が辛うじてうなずいた。このまま気を失うのではないかとリンダは心配になった。幅広のジーンズを穿いているので、真っ直ぐ立っているために膝《ひざ》を硬直させているのかどうかわからない。彼女はキャスター付きの椅子を彼のほうへ押しやった。彼は大人しく座り、屑入《くずい》れの小さな缶を膝に抱え込んだ。

「彼女は性交渉をしています」とマーキスが言った。

「強姦《ごうかん》で？」とリンダが訊く。

「さあて。合意があったとも考えられます。組織の引裂とか、出血の痕《あと》とか。そういうものは確かにあるんですが、セックスが強要されたものであるかどうかは不明ですね」

ジョニー・ボーイはくず缶の中で胸を喘がせている。

「やれやれ」マーキスが言った。

「精液は？」ミックが訊いた。

「全く何も。ＤＮＡも無理でしょう。身体《からだ》の擦過傷は全て死後のものです。おそらくは丘を転がり落ちて出来たものかと」

「どこかで殺されて、そこまで運ばれたということは？」ミックが訊いた。

「その可能性はあります」マーキスが答えた。「しかし難しいでしょうね。死後の傷は死んだ直後に現れます。私が察するに、彼女はあの尾根で、セックスの前か間か、その直後に死んだのでしょう」

ジョニー・ボーイは吐きそうになり、リンダがホールへ椅子を押し出した。部屋に戻ると、マーキスは死んだ女の手を見せていた。ミックが爪《つめ》を調べている——二本の爪が割れ、一本が千切れ、他は無傷だった。

「爪の下には、皮膚細胞がありませんでした」マーキスが付け加える。

「彼女、殺した男を知っていたんじゃないかしら」リンダが言った。

「他には何か？」マーキスが言う。「私は事務処理そのほかがありますので」

「あら」とリンダ。「こちらこそ無理を言ってすみませんでした」

マーキスは重々しくうなずいて見せた。ひょっとしたら彼は、鏡の前でいつも深刻ぶった物腰を練習しているのかもしれない。

「一つだけ」とミックが言った。「セックス面での見解は黙っておいていただけると、こちらも助かるんですが」

「私は全ての見解を己の内に留めています」とマーキス。

ミックとリンダは葬儀場を出た。駐車場では、ジョニー・ボーイが胃袋を押さえながら警察車両に寄りかかっており、顔色は真っ青だった。リンダは、保安官事務所まで来てくれないか、と兄貴に言った。

「無理だよ」とミック。「お前はジョニー・ボーイの世話をしなくちゃならん。いったいどうしちまったんだろう？　死体だって見たことはあるんだろうに」

「彼は幽霊が怖いのよ。葬儀屋には一杯いるんですって」

「あそこでみんな、死ぬわけじゃないのにな」

「それも言ったわよ」とリンダ。「で、ファッキン・バーニーはどうだった？」

「家にはいなかった。母親は大丈夫だ」

「腕はどうしたの？　ほんとのところを教えて」

「言ったとおり、ラバだよ。教えるほどのこともない、マリンズ一家のだ」

「どのマリンズ？」彼女が訊いた。

「窪地のずっと上、リトル・ペリー・ロードの外れだよ」

「ああ、あたしらの遠縁の親族とか言うんでしょ？」

「知ってたか」とミック。

「あんたが知ってるほうが驚きよ」

「軍隊じゃ、情報集めが肝心なんだ。俺は一度、ウチの家系図を調べたことがある。

サルの奴に顔に小便を引っ掛けられたがね」

リンダが笑い出した。水風船が急に破裂したかのように、二人のあいだに自然の笑いが広がった。ミックはにやりとして妹を見やった。彼女はまだ笑い足りていない。ミックは子供の頃、妹を何とか笑わせようと必死で努力したことを思い出した。突然、堰《せき》を切ったように笑い出す、それは今も同じだった。彼女のムードは一気に明るくなったが、ほどなく、自分の弱さが目には見えない計算書に損失を与えるとでも考えるかのように、表情をぐっとばかりに引き締めた。

「ペギーはどう?」彼女は訊いた。

「気にするなって」

ミックは自分のトラックに乗り、走り去った。その姿を見送りながら、リンダはやり過ぎたかな、と考えていた。

## 第八章

警察車両の中のジョニー・ボーイは、すでに吐き気も治まっていた。死体、幽霊、葬儀屋、それに情け容赦のないリンダの兄貴、彼はドクター・ペッパーでも飲んで一息つきたかった。オフィスの小型冷蔵庫には三本入っている。リンダが車に乗り込んだ。

「マーキスが言ったこと、全部聞いてた?」と彼女が訊《き》いた。

「セックス云々《うんぬん》ってことですか?」

「ええ。どう思う?」

「喋《しゃべ》れませんよ」

「あたしが女だから?」

彼はうなずき、窓の外へ目をやった。風雪に晒《さら》されたワイヤフェンスが、幽霊を思わせる灰色の霞《かすみ》となって飛び去ってゆく。ジョニー・ボーイは視線をフロントガラスに戻し、丘上の大きな雲に目を向けた。

「あたしたちは法の執行者なのよ、ジョニー・ボーイ。そのことは忘れちゃ駄目。ガラガラヘビに金的を咬まれた男がいるってのなら、探さなきゃならないの」

リンダは言うなり、アクセルを床まで踏み下ろし、ＳＵＶは投石器で放たれたかのように前に飛び出した。彼女はうっすらと笑みを浮かべた。ジョニー・ボーイは自分で運転しない限り、スピードに我慢ならないのだ。彼はドアの上の補助取っ手をひっ摑んだ。真新しいアスファルト面が四分の一マイルほど前方に伸び、ジョニー・ボーイは顔を歪《ゆが》め、背中をしっかりと座席に押し付けている。彼らは町の制限速度ぎりぎりで保安官事務所に到着した。駐車場には見知らぬ車が一台停止している。ファイエット郡のプレートを付けたレクサスだ。

「あの車、誰のかわかる？」彼女は言った。

「さあて」

「いかれたマービル・ノックスのよ」

「大手炭鉱経営者の？」彼は言った。「奴《やつ》は自分の利益だけを考える男だ、そのためには何だってするって話だけど」

「そうよ」彼女は言った。「そしてあたしを嫌ってるの」

「奴の車が気に入らないよ。レクサスってのはトヨタの名前だけで売れてるんだぜ」

オフィスに入った時、彼らはまだ笑っていた。ノックスはリンダの椅子に座り、携帯電話をいじくっていた。彼はVFW（海外戦争復員兵協会）の主要メンバーであることを誇示するかのように、政治家の模範的な格好をしている。彼の傍には見知らぬ若者が立っていた。膝上《ひざうえ》にジッパー付きのポケットのある、新しくバリッとしたカーキーズボンを穿《は》き、町でも通用するお洒落《しゃれ》なブーツを履いて、黒っぽいスポーツコートを着ている。細いベルトにはホルスター入りのグロックと、予備のクリップが二個付いている。それらを目にしたジョニー・ボーイは、保安官でなくてよかったと思いながら半歩退いた。

「あたしのオフィスですよ、ミスター・ノックス」リンダはのっけから言った。「それにあたしの机です」

自分の携帯の小さなスクリーンから視線を外さずに、ノックスは指を上げて、誰もが知る〝待て〟のサインを出した。それから送信のキーを押し、立ち上がると、片手をリンダに向かって差し出した。大きく笑みが広がり、まるでホッチキスで顔に留められたかのようだ。ジョニー・ボーイには一瞥もくれない。

「お会いできて嬉しいですな、保安官」と彼は言った。

彼女は握手に応じながらうなずいた。男のやり方に慣れるにつれて、彼女は握力を強くしようと日頃から訓練を怠らなかった。間違いなく、ノックスは自分の男性能力を発揮しようと、俄《にわ》かに力を込めだした。リンダも握り返す。前腕の緊張した筋肉に圧力が加わる。彼は犬ころが腹を見せて転がるようにすぐに力を緩めたが、彼が長く根に持つだろうことは容易に理解できた。

「ミスター・ノックス」とリンダは言った。「何か報告すべき犯罪でもなさいましたか？」

「いえ、違いますよ」と彼は、わざとらしい短い笑みを見せて言った。「私は個人的に、新人をあなたに紹介しようと思いましてね。あなたの殺人事件の捜査陣に加えていただきたい。ＦＢＩの特別捜査官、ウィルソンです」

そう言って、彼は壁際に佇《たたず》む一人の男のほうへ手を振った。

「応援を頼んだつもりはありませんが」

「いいえ、国へのお礼のつもりですよ」彼は言った。

「副官で満足なんです」

「ウィルソンを引き受けて下されば、私も助かる」

「あたしは政治家じゃありません、ミスター・ノックス。したがって、助け合いにも興味はありませんわ」

「あなたが頭の良い方だとはうかがっています」彼は言う。「しかし、あなたにはもうすぐ選挙があるはずだ。そうなると、大切にしなきゃならない友人も出てくるでしょう」

「例えば、ウィルソンのような？」

「例えば私のような、ですよ」彼は言った。

リンダは黙った。そうなれば、ノックスの出番である。平均的に、男たちは八秒で女の邪魔をするらしい。政府の財政的支援とストップウォッチを懐《ふところ》にした社会学者の言によれば、もし女性が喋らなければ、男が黙っているのは四秒を切るそうだ。

「独立を守るというのは」ノックスが言った。「大変に素晴らしい。法律を執行する上では必要でしょうな。良くわかります。おわかりでしょうが、我々は同じゴールを目指しているんですよ。国民として国の安全を期待する以上、法の順守を求めるのは当然のことです」

「ミスター・ウィルソンの資格は何でしょう？」

「軍務ですよ。ＦＢＩアカデミーでクラスのトップ、ペンタゴンで六ヶ月間の研修を終えています。この地域の出身でもある」

「ここには余分な机も車もありませんが」

「そういった問題こそ、私のような友人がいれば、将来お役に立てようってもんです。彼には机は必要ない、そうだったよな、ウィルソン？」

「はい、サー」ウィルソンは答えた。「隅に押し付けられたテーブルがあれば結構です。DCでは箒《ほうき》部屋で仕事をしていましたから」

「彼は融通の利《き》く男なんですよ」ノックスが言った。

「こちらには箒部屋はありません」とリンダ。「でもわかります。ペンタゴンでは、殺人事件はあるんですか？」

「いいえ」ウィルソンが答えた。

「これが彼の最初の案件でしょう」ノックスがつけ加える。「誰であれ、どこかで始めなきゃならん。それは女性も同じです、彼女がその職に相応《ふさわ》しいのかどうか」

ノックスは彼女に鋭い一瞥をくれると、多忙な男の印象を滲《にじ》ませて部屋から出て行った。偉すぎてYシャツの襟が高すぎ、正午にしか太陽を見ることもなさそうだった。リンダは正面のドアが開いて閉じる音を聞いていた。彼の尊大な足音は駐車場に達するまで続いた。

ウィルソンは二十歳ほどにしか見えなかったが、ノックスが真実を語っているとすれば、もっと年嵩《としかさ》のはずだった。彼のような男は、足のない犬が常に横たわって《lie》いるように平気で嘘《lie》をつくのだ。彼女は呼吸を整えようと深呼吸を繰り返したものの、効果はほとんどない。リンダは自分のデスクを回り、そうしながらウィルソンを見つめていた。自分が黙っていれば、立ち去ってしまうのではないかと思いながら。

「どこの出身です？」ジョニー・ボーイが訊いた。

「ホールドマン郡です」ウィルソンが答える。

「学生時代に、きみの学校とフットボールの試合をしたことがあるよ。レパーズ、でしたっけ？」

「いえ。僕はブレックのほうです」

ジョニー・ボーイはちらりとリンダを見やった。彼の顔は突然に、情報源を詰め込まれた口のように表情を失《な》くしてしまった。彼女がドアの方へついと顔を向けると、ジョニー・ボーイは足早に立ち去った。

「一応、念のためですが」とウィルソンが言った。「僕がこの任務を望んだわけではありませんので」

「ノックスはどうからんでるの？」

「コンタクトの一人だと、聞いています」

「彼への報告義務はあるの?」

彼の緊張した沈黙は、イエスを意味していた。首筋に始まった赤色がゆっくりと顔を染めて行く。リンダはイースターに安物雑貨店で売られる、色付けされたヒヨコを思い出した。ヒヨコたちは月の終りに死んでいたのだ、染料の毒にやられて。

「あんたはね、あたしの最初のＦＢＩエージェントなのよ」彼女は言った。「で、何がお望み?」

「あなたの事件報告書です」

彼女はキャビネットを開け、ファイルを取り出した。彼はそれを希少な卵を扱うかのように受け取った。

「終わったら」と彼女は言った。「あたしに戻してくださいな」

「どこで読んだらいいでしょう?」

「さあて。でもここから離れたりコピーを取ったりしないことね。あたしなら副官のデスクは敬遠するわ。彼ったらあんたが嫌いみたいだから。なぜかしらね?」

「私の高校にはフットボール・チームがなかったんです。小さすぎたんでしょう」

リンダはうなずきながら、男たちはどうしてスポーツに関してこうも子供っぽいんだろうと考えていた。ロックソルトの町には、灰色の髪をした男たちが沢山いる。彼らはビールを飲もうとバーなどで出会い、高校時代の栄光を語り合うのだ。そして誰かが店に入って来る度に、仲間が来たのではないかと一斉に頭を巡らせるのだった。

# 第九章

朝日が高く昇って、丘陵地の尾根に降り注ぎ、鳥たちは縄張り内で一斉に囀《さえず》り始めている。この一週間で初めて、ミックは頭痛もなく目が覚めた。吐き気も、四肢の疲労感もない。ミックはもうひと眠りしようと寝返りを打ったが、いったん目覚めた意識はもとに戻らず、逆に活発に動き始めた。頭の中にペギーが蘇《よみがえ》ったものの、彼はそれを振り払って表に出ると、ナイフを使ってブーツの泥を落とし始めた。そう言えば、子供の頃はハイトップのコンバースの泥を落とすのに、木枝を利用したんだっけ。三十年が経《た》った今、彼はずっとましな靴と、やはりずっと効果的な掃除道具を手に入れたということだった。

服を着替えると、尾根を出発した。アスファルト道路に出るや、西へ向かった。ノニー・ジョンソンは、小川の先にある窪地《くぼち》の上手で義姉と同居していた。道は進むにつれて狭くなる。灰色に変色したオークの橋で小川を渡った。その先で道路は終わり、そこはきちんと刈られた芝の前庭になっていた。ミックは二台停まっている傍らに車を止めた。一台は最新型のフォードF－150、四輪駆動車だった。家の中から犬が一頭、猛烈な吠《ほ》え声とともに飛び出して来た。飼い主には侵入者の登場を告げ、ミックにはトラックの中にいるように告げている。彼は窓を下げて、待つことにした。

網戸が開き、男が一人、銃身の長い三八口径のピストルを手に出てきた。銃口はわずかに外れているが、手首をひと捻《ひね》りするだけでミックに向けられるのは明らかだ。

「事件の話、聞きましたが気の毒でしたね」とミックは言った。「自分はジミー・ハーディンの息子で、ミックといいます」

男はピストルを少し下げ、トラックに歩み寄った。が、彼の刺々《とげとげ》しい視線はミックの顔に据えられたままだ。

「この窪地であんたの顔は見たことがないな」と男は言った。

「国を離れていたもんで。陸軍ですよ」

「イラクかい？」

ミックはうなずいた。

「砂漠は暑かったかい、みんなが言うようにさ」

「そりゃもう」とミック。「背中をへし折られたまんま地獄に放り込まれたようで」

「で、辞めたのかい？」

「休暇でしてね。妹がお宅を訪れるようにと言ったんです。保安官なんですよ」

「何が望みだい？」

「まずは」とミック。「このようなケースの場合、誰かが家族と話さなきゃならない」

「それなら済んでる」

「くだらん州警察が妹にちょっかいを出してきましてね。もしもあんたたちが僕と話をしたくないって言うんなら、町の警察署まで来るよう召喚状を出すっていうんです」

　男は地面に嚙《か》みタバコを吐き出した。スナックを狙《ねら》っていたかのように、クロバエが群がった。タバコであることに気づいたのか、また飛び去ってゆく。ミックはトラックのドアを開けた。

「僕は武器を持っていない」ミックは続けた。「そのピストルは必要ありませんよ」

「あんたのためじゃない」男が言う。「ノニーを殺した奴が戻ってこないとも限らんだろうが」

「なるほど」

　トラックから降りたミックにとって、ピストルの自由を奪い取るのは長くても二秒だろう。

「ノニーはあんたの叔母さんで？」とミックは穏やかに訊いた。

「なんで知ってるんだ？」

「カンですよ。あんたのお母さんとちょっと話をしたいんですがね」

男はダッフルバッグでも持つように銃を気軽に小脇《こわき》に挟み、頭を家のほうへ振った。

ミックは階段を上った。新しく、灰色に塗られている。玄関の網戸も新しい。誰か手直ししている者がいるのだろう。

正面の居間には、幅広の平たいアームが付いた古いカウチがあった。紋織《もんおり》の生地が擦り切れて塊のようになり、椅子《いす》が三脚とテレビがある。青い目にブロンドの髪をしたキリストの絵が、一方の壁にポツンと掛かっている。他の壁にあるのは、家族の写真集だ——子供たちの学校時代の写真、一張羅の服に生真面目《きまじめ》な顔をした数枚の白黒写真。狭い階段が二階へ通じており、男は広間を歩き、低い話し声が聞こえる奥の部屋へと消えた。

台所から女性が一人現れた。四十代で、骨太の体格をしており、ゆるやかな服にスリッパを履き、長い髪は留め金で後ろに引っ詰められている。

「お腹《なか》は減ってるの？」彼女は訊いた。「卵は息子たちが食べちゃったけど、ビスケットならあるわよ」

「いえ、結構です、ミセス・ジョンソン」とミックが答える。

「あたしのことはリー・アンと呼んで。あんたはハーディンですって？」

ミックはうなずいた。

「あんたたちのことは知ってるわ」彼女はミックの一族の良否は熟知しているとばかりにうなずいてみせた。「ちょっと待っていて」

椅子はどれも、座る人間の座高の高さで頭受けが微妙に変化している。彼は客用だと見当を付け、カウチに腰を下ろした。リー・アンはコーヒーを持って戻って来た。

「どうも」と彼は言った。「妹さんのことは残念でした」

「今はキリストと一緒だわ」

ミックは湯気に煙るコーヒーに息を吹き掛けた。もし口に含んだら、間違いなく火傷《やけど》をするだろう。セールスマンを思わせる耳障《みみざわ》りな奥の話し声が、ふたたび高まった。

「何か話していただけるんじゃないかと思って来たんですが」とミックは言った。

「例えば、人には言えないようなことだとか」

「例えば？」

「ノニーに腹を立てている人間のことだとか。彼女の息子が誰かとトラブルを起こしていなかったか、あるいはお宅の息子さんが？」

「ありませんね」

「仕事場ではどうでしょう？」

「ダラー・ジェネラルでレジ係をしてたけど、あそこで何か起こることはほとんどないわね」

「ボスだとか、あるいは働いてる者とのトラブルとかは？」

「ありませんね。彼女は好かれてたんです。誰とだって話をするんだから」

「ノニーが誰かと付き合っていたことは？　つまり、知らない男が彼女を訪ねてきたとか、そういうことですが」

　女は袖《そで》を引っ張り、椅子のアームを叩《たた》き、床を見下ろした。

「いいえ」と彼女は強い口調で言った。「そんな人は誰も」

　奥の部屋の話し声がまた高まり、言い争っているのか、あるいは強調しようとしてか言葉が混ざり合って聞こえる。ミックは口の中で冷ましながらコーヒーを飲んだ。女は彼から壁上のキリストの絵へと視線を移した。ミックは、彼女が沈黙のなかで長年生きてきたのだなと理解した。

広間の端でドアが開き、会話の最後が聞こえてきた。

「選択の余地がないんだ」と男が言う。

「お前だけだよ、そんなことを言うのは」ともう一人が返す。

ドアが閉まり、二十代後半と思《おぼ》しき男三人が部屋に入って来た。二人は一卵性双生児だ。ミックは立ち上がり、うなずきながら、

「ミックです」と言った。

「僕はウェイド」と年上の男が言った。「こっちは兄弟で、ノエルとジョエルっていいます」

「うちの一人には会ったことがありますよ」ミックはにやっとして言った。「どちらかはわかりませんがね」

「五歳になるまで、僕だってどっちがどうだかわかりませんでしたよ」ウェイドが言う。

「あたしにはわかるさ」リー・アンが口を挟んだ。「ジョエルの額の逆毛のほうが、ノエルのより半インチばかり上なんだ」

「いつもそう言うんだ、母さんは」双子の一人が言った。

ミックはうなずき、コーヒーを飲んだ。

「きみたちが良ければ」と彼は持ちかけた。「ノニーの息子に話は聞けないかな?」

「フランキーはすっかり参っちゃってる」とウェイド。「ベッドから出ようとしないんだから」

「そりゃ仕方がないな」ミックが言った。「当然だろうよ」

「いいや」と双子の一人が言った。「奴はずっと落ち込んでたんだ。もう二、三年になるよ」

「それでここに住んでるのかな?」ミックが訊いた。

兄弟は互いの顔を見かわし、表情が暗くなった。ウェイドが一歩前に出ると、硬い口調で言った。

「フランキーのことで、誰かから何かを聞いたんで?」

「とんでもない」とミックは言った。「僕の家族にもいるもんでね。伯父曰《いわ》く、〝どうにもならない病〟とかで、何ヶ月も何もしないかと思えば、家を出ようとせず、顔を洗おうとも飯を食おうともしなかったらしい」

「母親を亡《な》くして、雑草みたいに頽《くずお》れちまったんだ」ウェイドが言った。

「それでも、彼と話をしたいんですがね」

ミックは三人の男を順番にさっと見やり、最後に女性に落ち着いた。最終的な言葉は彼女から出るはずだった。

「彼にとっても、いいことかもしれませんよ」ミックは言った。

「まあね」と彼女。「彼を傷つけないのなら」

ウェイドは脇へ退《の》き、ミックは兄弟たちの足音を聞きながら広間を横切った。彼はドアをノックし、中へ入った。部屋は小さく、クローゼットの代わりに旧式の洋服ダンスが立っている。ベッドの上には、若い男が顔を隠すように丸くなっていた。ロングジョンのパンツを穿き、Tシャツを着て、足元にはキルトが掛かっていた。

「フランキー」とウェイドが言った。「ここにいる男がお前に会いたいそうだ。おふくろもOKだって言ってる」

フランキーは動くことも、喋《しゃべ》ろうともしなかった。一つある窓のカーテンは閉じてあるものの、垂直の隙間《すきま》から陽光が差し込んでいる。外では、紅冠鳥《こうかんちょう》が陽気に歌っていた。

「フランキー」とミックは声をかけた。「僕はね、きみの母さんに何があったのか知りたいだけなんだ」

「消えてくれ」フランキーの声が言う。

「助けたいだけなんだよ」

「ほっといてくれ」

フランキーはキルトを頭から引っ被《かぶ》った。ミックは部屋を出ると、リー・アンに礼を言い、三人にうなずき、立ち去った。外では、ウェイドがトラックの傍らで待っていた。

「薬は飲ませたのかい？」ミックは尋ねた。

「あれは馬鹿《ばか》高くてね」

「誰かに話すってことは？　カウンセラーに診《み》せたほうがいいかもしれない」

「彼は食事でもベッドから出ないんだ。独りで町へ行くなんてとんでもない。それに町の連中ときたら、一回だって様子見の電話なんかしてこないんだ」

「誰も？」

「あんたは別だがね」ウェイドが答えた。

ミックは執拗《しつよう》にウェイドを見つめていた。彼は今や尋問モードに満ち溢《あふ》れ、どんなニュアンスも聞き漏らすまいと熱心に聞き耳を立てている。

「あんたの叔母さんを傷つけたいと思うような人間に見当はつかないかい？」

ウェイドは前庭のあたりを神経質に見やってから、自宅に目をやった。

「いゃあ」と彼は言った。「少なくともウチの人間じゃないな」

「つまり、他の人間だと？」

「おいらがどうしてそんなことを知ってると思うんだい？」

ミックはうなずいた。ウェイドは彼の質問に答えていない。それに、視線を合わせまいとする彼の態度は多くを物語っている。リー・アンも先ほど、ノニーの人生に男の影はなかったのかと尋ねたとき、同じような反応を見せたのだ。

「わかった」とミックは言った。「あんたたちにとっては、まだまだ冷静に考えられる問題じゃないからね。それじゃまた」

ミックは窪地を抜けて、町へ向かった。家族の嘘は一つのことを意味している――つまり、彼らは犯人を知っており、彼ら独自の復讐《ふくしゅう》を遂げようとしているのだ。町の外れで車を停めると、グローブボックスから携帯を取り出した。三件の電話がドイツ在留の部隊長から入っていた。最後の一件には伝言まで付いている。ミックは緊急家族休暇の日程をオーバーしている、というホイッティカー大佐の木で鼻をくくったような声を耳にしたいとは思わず、妹に電話を架けた。

「俺だよ」と彼は言った。「お前のオフィスには行けないので、簡単に報告しておきたい」

「留置所ならば？」

「あそこは苦手なんだ」

「今回は来たいと思うわよ」とリンダが言う。「ノニーを殺したっていう男を留置してるんだから」

「お前が告発したのか？」

「イエス・アンド・ノーね。彼は告発されたけど、あたしたちがしたんじゃない。FBIが引っ張ってきたのよ。何かが絶対におかしいわ」

「わかった。何か腹に入れてから行くよ」

「三十分よ」リンダはそう言うと、電話を切った。

ミックは給油場へ行った。そこには、〈水曜日はコーンドッグス〉と書かれた看板がぶら下がっている。彼は塩味クラッカーと一緒に、ウィンナーソーセージを一缶食べた。このスナックは、海外勤務ではほとんど手にできないものである。そしてさらに、エール-8を飲んだ。ケンタッキー唯一《ゆいいつ》の現地産のソフトドリンクであり、コーク、ペプシ、ドクター・ペッパーに続いて市場に登場したものだ。会社の怠慢さが名前を付けた。A Late One、それが縮まって Ale-8-One になったのだ。ミックは二本目のボトルとツィンキーズを買い、留置所を目指して車を走らせた。

# 第十章

留置所は閉まっており、人気《ひとけ》のない場所で石の壁はいっそう寒々として見えた。ミックはリンダに電話をし、新しい留置所の場所はタバコの倉庫があったところだと聞き知っていた。リンダはまだ来ていない。マーキュリーが一台、駐車場に入って来た。製造中止になったモデルで、部品が手に入らないため、丘陵地では見る機会も滅多にない。何しろバンパーもないのだ。年配の夫婦が車から降り立った。女は紙袋を持ち、男は手製のステッキをついている。彼らは頭を下げた格好でミックの前を歩き過ぎた。それは、人目を憚《はばか》る訪問をしなければならない我が身を恥じているかのようだった。リンダのＳＵＶが到着した。制服姿の彼女は凛《りん》として見え、ミックは一瞬、妹は同じ制服を数着持っているか、あるいは一着を毎晩アイロン掛けしているのだろうと考えた。

「新しい留置所がなぜ必要なんだい？」彼は訊いた。

「麻薬ね、大概は。メスやオキシ、最近はヘロインよ」

「ヘロインだって？」

「そう。デトロイト経由でね」

「ここはいつから活動してるのかな？」

「二ヶ月ほど前よ。フランクフォートから偉い人が沢山やって来て、リボンを切ったりで大騒ぎだったわ。これはかつてない素敵な留置所なんですって」

「古いやつは満杯になったのかい？」

「そりゃもう。房にはたいてい、倍の人間が入ってたわね。週末には四人なんてこともあったわ。まさに、猫のひたいほどって感じ」

「じゃあ、なぜ閉めちまったんだい？　酔っ払いを入れるくらいはできただろうに」

「お金よ」とリンダは言った。

「運営費が掛かりすぎるってことかい？」

「違うわ。彼らはね、そこを三百万ドルで売ったのよ。大学がここに分校を作るんですって」

ミックはうなずいた。どうやら、政府は窓もない、グラウンドもない、個別トイレもない大学を作るつもりらしい。地方自治体の指令書の中には、前科者を教育せよとあるが、彼らが刑に服した所でクラスに出ようなどとは考えないだろう。

「連邦の捜査官どもが、どうしてお前の手伝いをする気になったんだろうな?」と彼は言った。

「わからないわ。今は一人だけ、暫定《ざんてい》的にいるだけだもの。ジョニー・ボーイはもう顔も見たくないんだそうよ」

「留置所に入ったのは?」

「養子の子よ」

「タナー・カーティスだな?」

彼女はうなずいた。

十二年というもの、タナーの両親は妊娠しようと努力していたが、ついに諦《あきら》め、レキシントンにある斡旋《あっせん》所から彼を養子に取ったのだった。それは郡の歴史においても初めてのことであり、彼の到着は新聞を賑《にぎ》わしたものだった。内気で静かな少年だったタナーは人から好かれはしたが、受け入れられることはなかった。血縁関係のある家族を何にも増して尊重する社会においては、彼を信用することはなかったのだ。郡のどこにおいても、彼は「養子の子《ダプテッド・ボーイ》」として捉《とら》えられていたのである。

「電話でさ」とミックは言った。「何かがおかしいって言ってたよな」

「ＦＢＩの連中がここに来てから二日もたってないのに、もう犯人を連れて来たんだから。しかも誰もその存在すら気にしてないような男なのよ」

「タナーは何て言ってる？」

「何も」と彼女は言った。「一言もよ。だから兄さんに彼と話してもらいたいと思って」

「わかった。でも、やるのは俺一人だ」

「あたしも一緒でなきゃ、正式な面談にならないわ」

「そこが重要なポイントなのさ」

「どういう意味？」

「俺が見つけたものは」とミックは言った。「何でもお前に知らせるよ。お前の出番はそれからだ。心配ないよ、奴なら簡単に料理できる」

「気に入らないわ」

一番近くの丘の上にジェット機の飛行機雲が現れた。ブルーの大空を白い条《すじ》で切り裂いてゆく。音は聞こえてこない。特別に用心深い鳥たちは別にして、獣たちも気づいているだろうか、とミックは思った。飛行機雲の最後の部分は、もやもやの霞《かすみ》となって、線状を成した潤沢な緑のほうへと押しやられてゆく。

「わかったわ」とリンダは言った。「糞食《くそく》らえよ」

「その意気だよ、リンダ」

二人は留置所へ入った。全身のスキャンを終えて保安部に差し掛かり、警備員が二人を尋問室へと案内した。リンダがそこで、最後の不満げな眼差《まなざ》しを向けてきたことは言うまでもない。ミックは中へ入り、ドアを閉めた。部屋はどこの施設でも変わらず——容疑者を脅すためにある——小さく、空気はむっと籠《こも》り、テーブルの脚は床に埋め込まれて、その上には手錠を掛けておく環状ボルト、それに椅子が二脚だった。新しいにも拘《かかわ》らず、部屋にはすでに汗の臭《にお》いが籠っていた。

　タナーは二十代の半ば、あるいは後半といった感じだった。彼のヘアスタイルはテレビでよく見るタイプのものだった——サイドが短く、上端がふくらんでいる。シャツの裾《すそ》はズボンに仕舞い込まれ、ベルトは新品だ。ミックはその服装を見て、溺愛《できあい》された一人息子を想像した。写真うつりの良い、大作りな印象で——がっちりとした顎《あご》、大きな目、頰骨も高く、両手には手錠が掛けられていた。

　ミックは座り、エール‐8とスナックを差し出した。タナーはすぐに手を伸ばしたが、自分の知らない法律があって、それに違反したら殴られるのではないかと言うように手を引っ込めた。

「大丈夫だ」ミックは言った。「俺はもう食べ終えたんだ」

ミックが部屋を出ると、隣室では妹が尋問の様子を見ようとライブビデオに齧《かじ》りついていた。別の器械では、法廷でも利用できるオーディオを映している。彼女は不承不承、タナーの手錠を外すように警備員に指示した。ミックは部屋に戻り、ツィンキーズを食べ終えたタナーが、炭酸飲料水を半分飲むのを見守っていた。彼は慎重に、糖分とカフェインがタナーの体内に入り込み、姿勢が少し仰向き、目が大きくなったのを見て取った。

「俺は警察とは関係ないんだ」とミックは切り出した。「あんたが何を言おうがここだけの話ってことになる」

彼はゆっくりと、オーディオの録音中止ボタンを押した。そして後ろへ寄り掛かり、両手を頭の後ろでゆったりと組んでみせた。

「ツィンキーズで不思議なのは」とミックは言った。「他の菓子類よりも長持ちってことなんだ。メイン州では、四十五年前に作られたのが残ってるらしいよ」

「包装されてですか?」タナーが言った。

「いいや、俺もそう考えたんだがね。包装なしのまんま、だそうだ。さあて、どうなるかだな」

タナーは指からこぼれ落ちそうなクリームを舐《な》め取った。

「タナー、きみはなぜここに入れられたかわかってるよな？」ミックが訊いた。

タナーは眉《まゆ》を顰《ひそ》め、壁に取り付けられたビデオカメラにチラリと目をやった。

「あれはきみを守るためにあるんだよ」ミックが言う。「手を突っ込んでくる警察からあんたを守るためのものさ。心配するな、俺はそんなことはしない」

タナーはいかにも不安げで落ち着かず、拘禁状態にある男としては当然だった。彼の態度に反抗心は窺《うかが》えず、四肢の動きはゆったりとして、身構えている様子はない。ミックは、神経質なチックとか不自然な手の動きなどを待っていた。タナーはとても人殺しには見えず、それは彼が社会病質者か無実かを意味している。あるいはその双方かもしれない。彼の瞳《ひとみ》は知性を窺わせて輝き、それはミックも少なからず有しているものだった。丘陵地の人々はどうやら、若いうちに自分の理性を隠す術《すべ》を学ぶものらしい。

「タナー」と彼は言った。「喋らないと、犯人だと勘ぐられちまうよ。何かを隠しているんじゃないかってね。警察はこれを殺人事件だと踏んでいる。お前と同じ状況に置かれたら、ほとんどの人は真っ向から否定するだろう。あるいは、罪悪感から告白するかもしれない。しかし、喋らないというのは最悪なんだ」

タナーは壁に据えられたビデオカメラを見やり、頭を振った。ミックは立ち上がり、シャツのボタンを外してTシャツを見せた。彼はそれをたくし上げ、自分がオーディオワイヤを装着していないことを示すと、カメラの近くに歩み寄った。レンズを覗《のぞ》き込み、妹が向こうの部屋から熟視しているのを承知しながら、シャツを脱ぎ、カメラに引っ掛けた。彼はテーブルに戻り、タナーに二分間のプライバシーが与えられたことを知らせた。彼がトリックじゃないかと考え出す前に、その意味を彼の脳裏に染《し》み込ませたかったのだ。タナーは片手を上げ、電話で喋る真似《まね》をした。

「携帯電話もなしだ」ミックは言った。「俺はあれが嫌いでね」

タナーの表情が不信の念に変わった。ミックは立ち上がり、ポケットを空にしてみせた——彼の財布と、昼飯のレシート以外には入っていない。

「トラックに置いてあるんだ」とミック。「電話に出なけりゃ相手は怒るし、折り返しかけなけりゃもっと怒る。それに、返事や返信には俺にはわからんエチケットとかあるらしくて、俺はもううんざりなのさ」

「じゃあ、持ち歩かないんですか？」タナーが訊いた。

「いや、仕事場では持ってるよ。ボスの指示だった。しかし今は仕事場じゃないだろ」

「仕事って、何ですか？」

「陸軍だ」

「で、辞めたと？」

「イエス・アンド・ノーだね」ミックは答えた。「厳密には、今六日間の無許可離隊者になってる。黙っていてくれると有り難いんだがね」

ミックは言い過ぎたと思ったのか、さっと視線を巡らせた。最初の緊張感はもはや失《う》せていた。信頼感を得るために、ミックは個人的な情報を漏らしたのだ。今や二人の男たちは同じ小さな部屋に籠っており、平等とは言えないものの、かつてほどの距離感は失せている。室内の物音を高める防音効果のため、ミックは口調を低く静かなものにした。

「三晩前に、チョクトーで女性が一人殺害された。ＦＢＩが犯人として捕まえたのがきみだ。彼らは無茶をする連中じゃないが、俺はきみの手助けをしたいと考えてる」

「なぜ？」

「なぜと言われても……俺はたぶん、妹を助けたいんだろうと思うよ。彼女は保安官で、ＦＢＩが仕事に入ってきたのが気に入らない。で、きみはノニー・ジョンソンを知っていたかね？」

「彼女が誰かは知ってましたよ。彼女の親族と一緒に学校へ行ってましたから」

「その夜、きみはチョクトーに出かけたかい？」

「いいえ」

「となると、きみはその時、どこに行ってたか話してくれんとな」

「できませんよ。したくもない」

「オーケー」とミックは言った。「だったら、なぜ出来ないのか話してもらいたいな。きっとまともな理由があるはずだよ」

「あります」

「きみは独身だったよな？」

タナーはうなずき、両の目を眇《すが》めた。それは何か心配事が増えたといった印象で、ミックの質問が的を捉えたことは疑いなかった。

「俺が聞かなきゃならない理由だがね」とミックは言った。「実はそんなことはどうでもいいんだ。ただ既婚女性は、自分が浮気してることを亭主に知られたくはない。きみがやってるのはそういうことなのかい？　誰かの女房とよろしくやってると？　となると、きみが最も気をつけなきゃならないのは、彼女の結婚相手が俺たちが今話してる男だった場合だ。俺の女房はね、さて、俺じゃない男の子供を妊娠してるかもしれないんだ。まあ、きみには関係ないことだがね」

「何ですって?」

「だから、俺の女房が――」

「それは聞きました。そんなことをなぜ僕に話すんですか?」

「本当のことを知りたいかい?」ミックが訊《き》いた。

タナーがうなずく。

「そうやって、俺を信じてもらうためだ」

「僕に食べ物をくれたのもそのためなんですね?」

「部分的には。それに俺は監獄での食事がどんなものか知ってる。塩分だけのクズみたいなものさ」

長い沈黙が続いた。その間、タナーは宙を見やったり考えながら百面相をしている。二回、彼はまさに話そうとしたが、その度に、顎にロープが掛かったように引き戻された。彼は頭を振った。態度がそわそわし、指の関節をポキポキ鳴らしたりした。彼がため息をつき、前屈《まえかが》みになった時、ミックはいよいよ彼が話す気になったと理解した。

五分後、ミックは尋問室を離れた。ホールで待っていたリンダは、今にも爆発しそうな感じだった。両肩は緊張で盛り上がり、まるで制服の下にパッドを入れているかのようだ。

「何かあったのね？」彼女が訊いた。

「ああ」

「だったら良かった」彼女は言った。「あたしはもう少しで、看守をロケットに乗せてぶっ飛ばすところだったわ」

「いいね」

「何言ってんの。あんたは一人であそこに入って、しかも記録も録音もない。この新しい施設に来て気が昂《たかぶ》ってるのか、看守は『決まりは決まりだ』って、がなるだけ。あたしももう頭に来ちゃったわよ」

「とにかくここを出よう」とミック。「お前に知らせなきゃならないことがたくさんある。しかしお前のオフィスはまずい」

「爺《じい》ちゃんのキャビンに行くのは嫌よ」

「ならばお前の家だ」

彼女が文句を言う前に、彼は歩き出していた。背後で彼の名前を叫ぶリンダの喚《わめ》き声が聞こえる。外へ出ると、ミックはトラックに乗り、走り出した。

# 第十一章

リンダは、母親から数年前に自宅を相続し、以後もずっとそこに住んでいる。場所は町の中央部、ライアンズ・アベニューのどん詰まりにあった。ミックは路上で車を停め、待ち受けた。子供の頃には、何度となく訪れてはいたが、その度に母親から普通の子供ではないかのように扱われた。自分の兄弟はなく、義理の伯父たちがいるだけの彼女は、男というものはやかましく破壊的なだけの不可思議な連中だと考えていた。ミックを見れば明らかだった。彼女の関心は娘に集中し、リンダはやがて家族の伝統をうっちゃり、社会的に地位のある男と結婚し、やがてはレキシントンに引っ越すだろうと考えていた。しかし妹は母親の全《すべ》てに反抗し、母親は失意のうちに若くして世を去ったのだった。

リンダはドライブウェイにＳＵＶを乗り入れ、細長いカーポートに達する前に車を止めた。車が大きすぎて乗り降りするのが容易ではないのだ。屑《くず》の入った缶を幾つか避け、錆《さ》びた熊手《くまで》を三つ除《よ》け、それからタイヤがパンクした一輪車をかわして、彼女はアルミのスクリーンドアを開け、続いて台所へ通じる木製ドアのカギを外した。ミックも続いて中へ入る。彼らが家に入るのはいつもこの方法だった。正面ドアを使うのは、牧師か招待客、あるいはハロウィーンにやって来る子供たちと決まっていた。

台所は昔ながらの作りを残していた――長く先細の蝶番《ちょうつがい》が付いた節目の多いマツ材。カウンターはフォーマイカ作りで、白地に淡い黄色のくの字が連続模様で描かれている。床には、足跡で薄くなった古いリノリウムが敷かれ、流しにストーブ、冷蔵庫と置かれている。数枚の古いカレンダーの上には、五年前のカレンダーが釘《くぎ》で留められているが、それは母親の習慣である。年齢とともに、母親は時間に拘《こだわ》るようになり、その結果、家の中には九つの時計と十一組のカレンダー、それに卵の茹《ゆ》で時間を計るエッグタイマーが三個置かれていたのだ。外部には全ての窓に温度計が掛かっていたが、それもまた母親の執着心の成せる業である。ミックは、最新の時間と天候を電話で知らせてくる彼女の〝定時連絡〟を、いったい何度受け取ったかわからない。その度に、彼は言い返したいのを我慢するのだった――母さんは四年間というもの家から一歩も出ていないのに、どうしてそんなことが気になるんだ、と。

彼はリンダに続いて居間に入った。巨大なテレビが部屋を占領している。他は変わっていない——かつてと同じ壊れかかったカウチ、安楽椅子、大作りのサイドテーブル、それに巨大で悪趣味な電気スタンド。ミックはおもちゃの車に乗って、絨毯《じゅうたん》の周りをぐるぐる走ったのを思い出した。その絨毯には元来、白いフリンジが付いていたのだが、母親はそれを切り取ってしまったのだ。

「お前がここでしてきたことがわかるよ」とミックは、カウチの端に身体《からだ》を沈めながら言った。

「結婚したら売ってしまうつもりだったのよ。あるいは、主人が新しい家具を持ってくるとか。あたしにはどうも、自分の家庭をどんな風にしたいのか考えがないみたい」

「あるじゃないか、お袋さんスタイルがさ」

二人は笑い、一挙に距離が縮まった。つまらないジョークに笑い転げる子供たちのようだった。

「母さんはいつも、他人の調度品にとても批判的だったじゃない」リンダが言う。

「『あの人たちのセンスは口の中にしかないのよ』。このセリフ、いったい何度耳にしたことか」

「中庭にいつも、いろんな物を置いてる人たちについてだったな——フラミンゴとかプラスティックのヒマワリ、ノームの像とか」

「でも、祝祭日の飾り物はオーケーなのよ。まだ持ってるわ。クリスマス用品が十一箱でしょ、イースターが五箱で、他の諸々《もろもろ》に十二箱よ。フラッグ・デーに感謝祭、それから七月四日の独立記念日とか」

「じゃあ、グラウンドホッグデー（聖燭節）はどうなんだい？」ミックが訊く。

「あんたと動物との関係みたいなもんでしょ」と彼女。「どうなの、ラバの傷跡は？」

「包帯を替えたほうがいいんだが、もう大丈夫だ」

静寂が二人の間に広がったが、すぐに、時を刻む沢山の時計の音で破られた。ミックは、もし父親が長生きし、自分もここで育っていたらどうだったろうと考えた。スーパーのＩＧＡで働いているか、中古車ディーラーをやっているか、挙げ句に人生全般に嫌気が差すことだろう――仕事にも、町にも、ワイフにも、そしてどこかへ逃げ出したいという自分の中途半端《はんぱ》な願いにも。現在の彼はとにかく、それらの大半を嫌っていたのだ。

「オーケー」とリンダは言った。「養子少年の話を聞こうかしら」

「奴《やつ》は無実だ」

「彼がそう言ったの？」

「奴にはアリバイがある。しかし奴は喋りたくないし、それは俺も同じだ。だから、お前に話すのも非公式ってことになる」

「それじゃ、あたしが考えていたこととは違うわ」

「俺は自由に振舞えるはずだったぜ」

「彼のアリバイは合法的なもの？」

「ああ」と彼は答えた。「その点、お前は安全だよ」

「そのアリバイを立証できる？」

「たぶんね。少し動く必要があるが」

　リンダは台所へ行き、水を入れたグラスを二つ持ってきた。ミックのグラスでは、磨《す》りガラスにプリントされたケンタッキー州の有名な風景が消えかかっている。この丘陵地で目ぼしい所と言えば、カーター・ケイブス州立公園とビッグ・サンディ峡しかない。

「オーケー」とリンダが言った。「これは記録外であって、あたしは誰にも話さない。信じて」

「ノニーが殺された夜、タナーはレキシントンのゲイ・バーにいたんだ」

「何よ、それ？」

「彼はその日、仕事を早目に切り上げ、自宅でシャワーを浴びた。服を着替えて、その場へ車で向かったんだ。入る決心が付くまで、二時間外で思案していた。一時間と三十分後に店を出て、アービーズへ行った。その後、給油所へ寄り、午前零時頃に自宅へ戻った」

「その話、信じるの？」と彼女。「あたしは信じない。彼にゲイっぽいところなんてないじゃない」

「彼も実際にはわからず、そうじゃないかと思っていたんだ。グラインダー（ゲイ向けの出会いサイト）までで二回試したそうだ。一回目は相手の男が現れず、二回目はフレミングズバーグまで車で行って、結局金をふんだくられたとか。一年前のことだよ。そして先週の土曜日に、彼はレキシントンへ行ったんだ」

「わかったの？」

「はっきりとは。とにかくはっきりとしなかった。だからこそ俺は彼を信じるんだ。ゲイ・バーではずっと、彼は自分が余所者《よそもの》だと感じていたそうだ。相手はレキシントンの連中で、大都市の男たち。彼は自分がここに属していないと感じたそうだ。三人の男と会ったが、誰も相手にしてくれなかった。最悪の気分だったそうだ。自宅へ戻ったものの、とにかく憂鬱《ゆううつ》だったそうだよ」

ミックはグラスの水を半分飲んだ。

「ここロックソルトじゃ」と彼は語を継いだ。「タナーは自分の実体を誰にも見せることができないし、レキシントンじゃ、ここから来たというだけで無視されてしまうんだ。アリバイとしては、捏造《ねつぞう》するにはあまりにも個人的にすぎる。認めるには、自分にとっての痛手が大きすぎるだろう。だから俺は彼を信じるんだ」

「土曜の夜じゃなかったかもしれないわ」

「俺もそれは考えたよ。彼はガソリンを買い、アービーズはカードで支払った。確かめるのは簡単だ。しかし立証できるのもそこまでだ。クラブには監視カメラはない。店のスタッフは客については喋らない。お前がもし、警察のブルー・ウォール（沈黙の壁）が高いと思うんなら、クィア・ウォール（性的マイノリティの壁）はもっと高いぞ。得物は大きいかもよ」

「糞食らえよ」リンダが言った。「糞食らってぶっ倒れればいいんだわ」

ミックはうなずき、もう一度部屋の中を見渡した。母親好みの重いカーテンが床まで垂れていて、大仰な上飾りが吊《つる》し棒を隠している。その部屋はさまざまな布地で占領されており、いつ見ても小さく感じられるのだった。

「それだけのことをどうやって手に入れたの?」リンダが訊いた。

「尋問のイロハだよ。食い物に飲み物、それに俺自身の秘密だ。彼の家は捜索したかい？」

「当たり前でしょ。ドアを入ったところに小さなテーブルがあって、そこに六冊の雑誌が載ってたわ。一番上がプレイボーイで、次がマキシム。底には古いペントハウスが二冊あったわよ。ちょっと奇妙に感じたわ。でも今となっては可哀《かわい》そうな話よね」

「もっと悪いかもしれん」ミックが言った。「少なくとも、彼は母親の時計と暮らしちゃいないけどな」

「ハッハッハだわ。あたしはね、カッコー時計からカッコーを取り除いてやったの。だからドアが開いても、誰も出てこないってわけよ」

「俺の人生譚《じんせいたん》だな」

彼女は笑い声を上げた。山の小屋で妹をあやしていた時のような、何となく満ち足りた気分だった。父親も祖父も、彼女に何を話したらいいかわからず、ただ物を与えるだけだった。ミックはそこからも学んでいた。彼がペギーと結婚したのも、ある意味、彼女が何も多くを望まなかったからだ。その結果、彼はすべてをペギーに与えていたのだった。

「俺はノニーの家族とも話したんだ」彼は言った。「彼らは予想以上のことを知ってるよ」

「例えば？」

「ノニーは男と揉《も》めてたようだ」

「でも、誰かは言わない？」

「いや、悩んでいたことさえ認めないだろうね」

「でもあんたはそう思う」

「それくらいは顔を見ればわかる。典型的な不明瞭《ふめいりょう》かつ置き換え行動だ。明らかな否定はしない。しかし、彼女を殺した犯人を知っていると思う。息子に、何かをやらせようって魂胆さ」

「フランキーに？」と彼女は言った。「彼ならヘビを叩くことだってできないわ」

「彼は鬱病になってる。彼は誰よりも自殺しておかしくないタイプだな」

「だったら誰が残るの？」

「お前は、ミスター・タッカーが死体を発見したと言ってたな？」

「ええ」と彼女は言った。「アメリカニンジンを探してるうちにね」

「次に俺は彼に会いに行く」

「ファッキン・バーニーは？」

「彼がやったのかもしれない。だから身を潜めてるのかも」

リンダは立ち上がり、小さな円を描いてクルクルと歩き回った。欲求不満のときの彼女の幼い頃からの癖だった。ミックはわかっていたが、彼女が次にするのは、彼女にしか見えない不具合を直すことだろう。思った通り、彼女はカーテンを確かめはじめ、埃《ほこり》が床へと舞い落ちた。

「あたしはまず、タナーを釈放するわ」彼女が言った。「ＦＢＩの連中はカッとなるでしょうね」

「気になるかい？」

「うーん、たぶんね。あのマービル・ノックスときたら、あたしに選挙資金を出すって言うんだから」

「出るつもりかい？」

「わからない。でも好きな仕事なのよ、これが」

ミックはうなずいた。二人とも、今後どのように法の執行者の立場を維持していけばいいのだろう？　彼らの家族には他に誰も同業者はいなかった。それはたぶん、彼らの破滅的な子供時代に育《はぐく》まれた、秩序への願望の故《ゆえ》なのだろう。

「すごいテレビセットだね」ミックが言った。「他にお前が加えたものはあるのかい？」

「廊下にあった写真は全部はずしたわ。あたしはずっと奇妙だなって思ってたの。だって家族の写真が全て家の一箇所に、しかも光の当たらない所にあったでしょ」

ミックは立ち上がり、廊下のほうを見やった。薄暗いにも拘らず、何年にもわたって掛けられていた一連の写真の跡が青白く残っていた。それらの写真の周りの壁紙は黄色くなっている。それはあたかも、幽霊たちのギャラリーを見るかのようだった。

彼は台所を過ぎて、横手のドアへ向かった。リンダが後に続く。

「兄さんに話したいことがあるの」と彼女は言った。

ミックはうなずき、ペギーのことだろうと思った。

「電話があったのよ」彼女は続けた。「駐屯軍の副官だとか言ってたわ」

「司令官の助手ってことだ」

「その彼が、兄さんに会ったかって聞くのよ。兄さんはドイツにいて、この冬から会ってないって答えといたわ」

「いいね」と彼は言った。

「何かトラブってるの？」

「まだだ」

「罪を犯してるようには見えないけど」

「休暇期限が切れたんだ。それで、今の俺は無許可離隊《AWOL》なのさ」

「それはあたしを助けるため？」

「違うよ」と彼は言った。「ペギーのためなんだ。お前じゃない」

ミックは立ち去り、リンダは空っぽのグラスを台所へ持って行った。彼女の兄はいつも無言を通す男だったが、家族のことに関しては違っていた。ペギーについて口の重いことが彼女の気になった。彼が心を乱し、一人きりでキャビンに住んでいるという理由は一つしかあり得ない。彼女は、二人の結婚が分岐点に差し掛かったと考えるのが嫌だった。

# 第十二章

車は不快なファーストフードの悪臭を発していた。ダッシュボードは油に汚れ、ハンドルはぬるっとしている。昼頃から、バーノンと相棒は丘陵地の麓《ふもと》の一角に車を停めていた。車そのものは松林のせいで、見えにくくなっている。彼らはすでに二軒の家をチェックし、彼らの探している男は家族とは同居していないと結論付けていた。今彼らのいる所は森の外れである。バーノンは気に入らなかった。彼は都会の人間であり、街灯や広告掲示板や舗装道路がお気に入りだった。車の排気ガスのほうが、車の中に漂う泥の臭いよりもずっとましだ。皮のローファーに薄手の靴下なんてものより、もっと増しなものを身に着けたい。それに、今の彼は会話に飢えていた。

以前のパートナーは自ら進んで、女、銃、スポーツ、テレビ、車、映画、衣服などについてべらべらと喋《しゃべ》り捲《まく》ったものだ。そいつの言うことは急速に変化し、数分のうちに矛盾だらけになり、それでも熱を込めて語るのだ。バーノンは一言も喋る必要がなかった。九時間に及ぶ州間高速道では、彼の前のパートナーはどれが一番良い店か熱を込めて語ったものだ——アービーズ、マクドナルド、バーガーキング、タコベル、あるいはＫＦＣか。彼はしかし、基本的には自分自身と会話しているのだった。長所と欠点をさまざまに並べ立て、論じるうちに、うやむやの引き分けになることが多い。バーノンは賛同の意をうなり声で表すだけでよかった。そして二分後には、しまった、メキシコ料理店のチポトレを忘れてた、という男ののしり声と悲鳴が聞こえてくるのだった。

彼の新しいパートナーはフレディといった。ほとんど喋らず、時たま、〝タバコ〟とか〝小便〟または〝メシ〟とか言うだけだった。彼は小さなバトンのように、手の中でポケットナイフを弄《いじ》っている。バーノンはいつしか、フレディがいきなり沈黙を破って彼に飛び掛かり、運転席のなかで豚のようにはらわたを抜かれるのではないかと考えるようになった。では、車のどちら側にいるのがより安全だろう？　ハンドルを握る席が最も安全だろう。フレディはもっと確実な場所でしか、ナイフを振るおうとはしないに違いない。バーノンは今や、ハンドルにしがみつくような姿勢になっていた。腰のあたりが痛くてたまらない。いや、もっと悪い。彼は次第に馬鹿《ばか》らしくなってきた。とにかく寒いし退屈だし、それより何より、隣席にいる男は一言も発しないときてる。

「こいつについて、俺たちは何を知ってるんだ？」

フレディはしばらく、物も言わずに窓の外を見つめていた。

「酔っ払いだ」と彼はやっと言った。

「女房とは一緒じゃないな」バーノンが言う。「何かあるのかもしれん」

フレディは肩をすくめた。何てえ野郎だ、そうバーノンは思った。

車の外から、木々のざわめくすさまじい物音が聞こえた。バーノンの手はとっさにピストルに伸びた。一瞬、熊について何を知っているかと考えた——頭部を狙《ねら》っちゃいけない。頭が固すぎて跳ね返ってくるぞ。下り坂を突っ走れ、熊は下方へ走れない。もし逃げ場がなかったら、熊には脆弱《ぜいじゃく》すぎる木によじ登れ。しかし、熊にとって脆弱すぎる木なのかどうか、どうやってわかるんだ？　熊が近づくに連れて、物音も大きくなった。彼は窓を閉めようかと考えたが、窓を開けて撃ったほうが確実だと考え直した。彼の傍らではフレディが身体をよじり、片手にナイフを、もう一方の手に銃を持って、窓の外を睨《にら》みつけている。音は近く、恐ろしいガタガタという騒音が一連の仕掛け爆弾のような物音とともに近づいてくる。バーノンは銃を引き抜き、高鳴る胸を抑えながら木々の間に視線を凝らす。リスが一匹、落ち葉の降り積もった地面をジグザグに走り、若いヒッコリーの木に跳び付いた。物音が止《や》んだ。二人の男は素早く武器をしまい込んだ。

「なあ、おい」とバーノンは言った。「俺が一緒に働いた最後の男だが、あいつは口が止まらんかった。頭がクラクラしたけど、お陰で時間は潰《つぶ》れたよ。お前と俺だって、話し合わなくちゃな。リスくらいで一緒に震えてたって意味がないぜ」

「最後の男って」とフレディが言う。「背が高くて痩《や》せていて、動きの鈍い奴だろ？クール・ディックって呼ばれてた？」

「そうだ」

「奴は死んだよ」

「仕事でか？」

「女のことだったらしい。俺が組んだのは奴だけだ」

「俺もおんなじだ」バーノンが言う。「奴は静かな男たちと組まされたんだな。上出来だ。今、俺たちが組まされてる。だから話し合わなきゃならん。熊どもがうろちょろしてるこの場でな」

「あいつ、ファーストフードについて喋ったことは？」

「何時間も喋ったぜ、ああ」

「俺にもだ」フレディが言う。「奴の言った一言が頭にこびりついてるんだ」

「何だ、そりゃあ？」

「あんた、イタリアのファーストフード・レストランを知らないよな」

「ファゾーリだ」

「イタリアはOKだが、ファーストはNOだ。とにかく待たされる」

「ファーストフードの待ち時間はどれくらいだ？」バーノンが言う。「二分か？　三分か？」

「もしドライブスルーがあったら？」

「確かに」

バーノンはハンドルから身を離した。どうやら、このパートナーは俺を刺すつもりはないらしい。この仕事はパラノイアを生み出し、相手の言うことを承認し、忘れることが一番だという、感情的かつ副次的な損失をもたらすことがある。彼は標的が暗くなる前に現れることを期待して、泥道の先を見やった。夜になると、木々に脅《おびや》かされるのだ。彼は思った。だからこそ、多くの映画では魔女や幽霊屋敷、怨霊《おんりょう》や怪物などが森の中に隠れているのだ、と。

「映画は好きかい？」彼は訊いた。

フレディは肩を竦《すく》める。バーノンは答える。「俺が好きなのは宇宙人の話だ」

「俺は好きだよ」

「E．T．みたいな？」

「違うぜ、おい。宇宙船をやっつけたりする話だ。お前は何が好きだ？」

「ラブコメだよ」

「何だと？」

「女はみんな、ラブコメが好きだからさ。そんな女たちが好きなものを好きになれば、もっと女が手に入るんだ」

バーノンはそんな話を持ち出したことを後悔した。少なくとも、クール・ディックと呼ばれるくらいの男となら、映画についてまともな話ができると言うものだ。こいつとは他にどんな話をすればいいのだろう、と彼は考えた。

# 第十三章

ミックは妹の家を出ると、東へ向かった。太陽は丘陵の斜面上にゆったりと掛かり、西側に並ぶ木立の梢《こずえ》を炎色に染めている。彼は舗装道を使って丘陵の奥まで入り、それから泥道へ折れ込むと、道と言うよりは雨裂《うれつ》のような急坂を登って行った。尾根の手前で急カーブを切り、その先に樹木に囲まれた一軒家があった。ここにはまだ光がいっぱいあり、彼はしばし、すでにもう夜に近い窪地《くぼち》に住む人々に同情した。

ミックはトラックの中で待ち、犬を探した。このように辺鄙《へんぴ》な土地に住み、来客とは無縁の生活をしている人々は時に、見知らぬ人間に銃で対応することがある。彼はもう少し近づき、老人の耳が不自由である場合に備えてエンジンはかけっぱなしにした。小学校の用務員はあまり喋《しゃべ》らないものの、常に居合わせて、冬場には大きな暖房炉に石炭をくべたり、日々クラスルームを一つずつ清掃し、給排水現場に支障があればすぐに修理する。彼は優しく柔らかな口調の男であり、ミックは今でもそうだろうと思った。男たちは大概、年を取るに従い温和になるものだが、女は逆に頑固になる例が多いようだ。

オスのカーディナルが注意を引くように一声鳴き、さび色のメスが低く一直線にブラックベリーの茂みへと飛んだ。メスは自分の巣からミックの注意を逸《そ》らそうとしたのだ。網戸が開いて、用務員がポーチへと出てきた。ミックは彼の小さいことにびっくりした。五フィートとほんの少ししかないだろう。彼はポーチの端の片隅に立った。片手が身体の影に隠れている。おそらくは武器を持っているのだろう。ミックはトラックの窓を下ろし、声を掛けた。

「今日は、ミスター・タッカー、小学校の頃からあなたを知ってますよ。俺はミック・ハーディンです。ちょっと話を伺いたいんですが?」

「お前さんみたいな子供を、見たことがあったような気がするな」

「その子供が俺ですよ」

「親父《おやじ》さんは、ジミーだったかね?」

「ええ。それで俺の祖父はホーマー・ジャックっていうんです」

「わかったよ」

と言ってタッカーはうなずき、ミックはトラックを降りた。彼はオークの階段まで歩き、立ち止まった。微風がサッサフラスノキの香りを運んでくる。その小枝をアメのように噛《か》んでいた、祖父のことをミックは思い出した。その葉っぱはスエードのように柔らかだった。

「チョクトーで見つかった女の件で来たんですがね」

「お前さんは警官かい？」

「いいえ」

「死んだ女の親戚《しんせき》かな？」

「いいえ」

「だったら、お前さんがここへ来た理由は？」

「妹が保安官なんですよ」

「うん、聞いたことがあるな」タッカーが言う。「お前さんは軍隊じゃなかったかい？」

「はい、イラクとアフガニスタンに。撤退するまではシリアにも」

「歩兵連隊で？」

「最初はね。それから空挺《くうてい》部隊へ。最近はＣＩＤに」

「有事の際は、再入隊かな？」

「たぶんね」ミックは言った。

「わし自身もそれを考えたことがある」

「軍務に就いたことがあるんですか？」

「朝鮮でね。１０８空挺部隊だ」

「苛酷《かこく》な戦争でしたね」

「自分が戦ってりゃ、何だってそうさ」そうタッカーは言った。「ポーチに上がって、座ってもらおうかね」

ミックは階段を上がり、背に小さな穴が開いている枝編み細工の椅子《いす》に座った。クッションは猫のようにフワフワしている。タッカーはロッキングチェアに座ったが、揺らそうとは思わないらしい。彼の眼は左右で色が異なり、ミックは小学校の頃に、友人たちと話題にしたのを思い出した。誰かが、彼は半分ヤギなんだと言っていたのを覚えている。

「俺は公務じゃないんです」とミックは言った。「妹の手助けってのが本音ですね。で妹が、遺体をあなたが見つけたって言うもんで」

「彼女はターナー一族の顔をしていたかな？」

「ええ。そしてジョンソン家の一人と結婚したんです」

「ロウアー・リック・フォーク・クリークで生まれて、町へ移ったもんがいるのかね？」

「たぶんね」ミックは答えた。「でも俺は、一家の歴史についちゃ何も知りませんが」

空気はしんとして、遠くでハトが鳴き、その声が木々を通して聞こえてくる。ミックの祖父のキャビンと同じように、彼の家も丘の尾根の端にポツンと建っている。しかし周りの景色はもっと美しい。草原は丘の中腹までで、アイリスやレンギョウなどがその境に咲いている。短いオークの木々が玄関前に陰を作っているが、冬の太陽がポーチを暖めている。

「彼女を見つけたのが何時頃だったか覚えてますか？」ミックが尋ねた。「彼女の死亡時刻を知りたいと思いまして」

「わしは薬草を探してたんだ」

「ええ、なるほど」

老人は、ミックが喋るのを待つかのように彼を見つめている。

「時計はお持ちじゃないんで？」

「わしは薬草を探してたのさ」

「ええ、それはわかります」

「東の丘の中腹に育つんだ。木陰でひんやりとした所にな」

タッカーはうなずいている。彼の表情は期待を滲《にじ》ませており、ミックは小学校時代の彼が夢想的に思えるほど寡黙《かもく》であったことを思い出した。彼は老人が言ったことの意味を考えようとした。

「あなたはつまり、現場には早い時間に行ってたわけですね」ミックが言った。「植物の成長具合を確かめようと思って」

「日の出から三十分ほどしてだな。もっと早いと、あたりは暗すぎる。太陽は丘の上に昇って、斜面の底までちゃんと照らしてくれんとな。あまり待ちすぎると、今度は陰になって見えにくくなる」

タッカーはミックの祖父たちと同世代だった。彼らは丘陵地に深く根差した、古い文化の複雑な論理矛盾を抱えて生きているのだ。直截《ちょくせつ》的であるかと思えば、非協力的でもある。正直かと思えば寡黙でもある。そしてさらに、警戒しているかと思えば、友好的でもあるのだ。

「学校のボイラー室にお邪魔したことがありましたよね？」とミックが言った。

「何人かの少年たちがいたっけな」

「あそこに行くと、幸せな気分がしたもんでした」

「あそこは、暖かかったからな。お前たちは寒い日の昼休みにやって来たもんさ」

「ベルト平衡具の上手《うま》い削り方を教えてくれたのもあなただった」

老人はうなずき、彼の目は微笑《ほほえ》みに皺《しわ》が寄ったが、口元にまで及ぶことはなかった。

「で、お前さんのベルトはどうなったんだい？」

「まだちゃんとしてますよ」

「お前さんのベルトが、アメリカサイカチの莢《さや》みたいに縮んじゃったら……？」

「とんでもない」ミックは言った。「そりゃ、くっそダメだ」

「女房が家にいるんだ」

「すみません、ミスター・タッカー。口を慎みます。チョクトーで他に誰かと会いませんでしたか？」

「ノー」

「車の音なんかは？」

「ノー」

「あそこが好みの場所なんだから、時々あなたは薬草を探しに行ったんでしょうね？」

タッカーは彼を見つめた。時間と年齢が左右の眼窩《がんか》の外はしの皮を垂れさせており、虹彩《こうさい》を見えにくくしている。気圧《けお》されまいと、ミックは左目の焦点をタッカーの右目に合わせた。それは尋問テクニックの一つであり、その効果に自分でもいつもびっくりするのだった。もしも問題が混乱したり不安を生じさせたりしたなら、彼はいつも自分の左目の焦点を相手の左目に合わせることでリセットし直す。タッカーは何も隠してはいない、ただ質問されるのを待っているのだ。それは頭の良い、辛抱強い男であることを示していた。

「チョクトーで別の時に、誰か他の人に会ったことは？」ミックが訊いた。

「あるよ」

「誰かは知っている？」

「ああ」

「誰だったか教えてもらえますか？」

「あの女と、若い男だったな」

「ところで、その男を知ってましたか？」

「奴の背中を見ただけだ」

「どんな具合の男でした？」

「髪が黒くて、フランネルのシャツ、それにオーバーオールのズボンだった」

「サイズは？」

「さあてね。わしは坂の上から見ていたんだから」

ミックはうなずき、森の中へ視線を移した。リスが木の間隠れに囀《さえず》り、いつまでもどこうとしないアオカケスに脅しをかけている。いきなりリスは逃げ出したが、アオカケスは自分の作業に余念がない。

「リスはあそこで何をしてたんでしょうね？」ミックが尋ねた。

「ドングリを狙ってたんだ」

「リスとあの鳥はドングリを争ってるんですか？」

「奴らはいつだってあそこにいるよ」とタッカー。「わしはエサをやったことがあるんだ。でも上手く行かんかった。リスは阿呆《あほう》だし、アオカケスは頭が良すぎるんだ」

家の中から物音がして、電気がつき、咳《せき》が聞こえた。タッカーは立ち上がった。

「女房だ」と彼は言った。「体調が優れなくってね」

「すみませんでしたね、お忙しいのに」

ミックは立ち上がり、自分のトラックへと歩いた。別れに手を上げ、彼は丘を下った。タッカーの動物的哲学の中で、犬と猫はどこに位置するのだろう。犬たちには忠誠心があり、猫たちには生存者としての誇りがある。自分にはその両方が少しずつあるようだ、そうミックは考えた。だからこそ、彼はケンタッキーに留まり、己のキャリアを危機に晒《さら》しているのだろう。

# 第十四章

バーノンの車の外は真っ暗だった。周りにはイルミネーションもなければ、華やかな明かりもなく、街灯もなければバーへ誘う派手なネオンサインもない。ここの連中はいったい夜に何をしてるんだ？ 眠ってるのか？ 道路をやって来る車の音にハッとする。古いトラックがのんびりとやって来て、丘を登ってゆく。夜は怖《おそ》ろしく暗く、運転手の顔と写真の顔を一致させることはできなかったが、トラックの外観は期待したとおりだし、何よりも、こんな時間にここをうろつく奴は標的以外にありえない。

バーノンは五分待ってから、ヘッドライトを消したまま道を登りはじめた。頂上で車を止めた。

「タフな野郎かもしれん」バーノンが言う。「軍隊でトレーニングしてるかもよ」

「ああいう連中は、誰かから命令されなきゃ屁《へ》みたいなもんだ。おいらが後ろのドアを受け持つよ」

「いや、俺が後ろだ。銃も持ってる」

「おいらが先に言ったんだ」とフレディ。

「お前はそこでじゃんけんでもしようってか?」

「ちぇっ、だ。その灯を消してくれ」

フレディは車を出た。バーノンは銃身を使って室内灯を叩《たた》いた。赤いプラスティックの破片がダッシュボードに降りかかる。ついでイグニションキーを半分ほど引いて、警報機は鳴らないものの、咄嗟《とっさ》に脱出できるような位置に止めておいた。何年も前に覚えたテクニックだ。彼は車から出て、ドアは開けたままにした。銃を片手に、道の端を歩いた。深い影に身を潜めていたが、自分の靴音と扁平足《へんぺいそく》の気取った都会風の歩き方が居場所を知らせていることには気づかない。

マツの林の奥に停められた車に気づいたミックは、彼の司令官が送った男たちではないかと考えた。そのような動きは決して一般的ではないものの、いかにも現場監督である大佐好みのやり方だったし、だからこそ、ミックは彼の元で働きたいと思ったのだ。彼を取り戻すために人員を派遣し、AWOL容疑を不問に付するというものだ。

彼らが誰であれ、森の暗闇《くらやみ》相手に交渉するわけにも行かず、子供たちみたいに大騒ぎすることも出来ないだろう。男が二人ということは、お互いが二手に分かれてカバーし合っているということか。

ミックは二人の車に近づき、キーを取り外した。彼は広い円を描いて家を回り、尾根を越え、斜面を下り、キャビンの裏側に近づいた。静かに手際《てぎわ》よく動きながら、裏口を窺《うかが》っている男に気がついた。その阿呆男は、懐中電灯の代わりに携帯を使っている。もう一方の手は九ミリ拳銃《けんじゅう》を握っている。ミックは静かに近づいた。鼻から息を吸い、自分の口から吸う場合に起こる些《さ》細《さい》な空気音に邪魔されまいとした。すでに何も存在しなかった。森も、夜も、キャビンも、あるいは彼自身も。その男こそが全《すべ》ての中心だった。ミックは息をひそめ、男のすぐ背後まで近づいた。

「よう」と彼は言った。

男はびっくり仰天、飛び上がるや振り返った。ミックは右前腕を振り出し、相手のこめかみを肘《ひじ》の端で殴りつけた。男は足首をノコで引かれたように、仰向けに引っ繰り返った。ミックは両手で男を抱き留め、地面にそっと寝かしつけると、男の携帯電話、ピストル、財布、それにポケットナイフを取り上げた。そして家の壁に張り付いているアメリカヅタを何本かはぎ取ると、男の手足を縛りつけた。続いて男のシャツを切り取り、口の中に押し込むや、ツタを使ってきっちりと縛りつける。男にアレルギーがあるなら申し訳ないが、以後は森中で悪さをすることもないだろう。

正面側の敵もこの騒ぎを聞いたかもしれず、ミックは耳をそばだてて三分待った。執拗《しつよう》なセミの鳴き声、縄張りを主張するフクロウの掛け声、それからアメリカヨタカの間延びした声——聞こえるのはそんな声ばかりだ。彼は森の中へ入り、家の周りを迂回《うかい》した。古い燻製《くんせい》小屋の濃い暗闇に伸びるカシの木の背後に、家を窺っている革ジャケットの男が見えた。空に掛かった半月が、黒い木の根っこにいる男の影をはっきりと見せている。彼らはいわゆるカモであり、タフガイを気取った幼稚な連中なのだ。ミックなら、パチンコでも倒せる相手だろう。

彼はキャビンの窓にそっと石を投げつけた。瞬間、男は身を縮め、ミックは笑いそうになった。木の背後に潜んでいる人間が、どうして身を縮める必要がある？　男は携帯電話のボタンを押し、ミックのポケットが震えはじめた。留守番電話になるのを待ってから、今度は返信ボタンを押し、と同時に木に向かって歩き出した。男は素早く電話を手に取り、「おい」と囁《ささや》く。男の背後に立ったミックは、すかさず「やあ」と言った。男が振り返った瞬間、ミックは銃身を相手のこめかみ目掛けて叩き付けた。男は目を二度しばたたかせ、一歩前に出た。ミックはもう一撃殴りつけ、男は崩れ落ちた。

ミックは男から武器を取り去り、家の中からロープを持ってきた。両手首を前で縛り、身体《からだ》をオークの木にしっかりと括《くく》り付けた。それから最初の男を家の前に運んでくると、ツタを解《ほど》いて先ほどと同じ様にロープで縛り付けた。彼らはオークを背にして座る形で縛られており、ために二人の〝栄養価〟でオークはこんもりと茂っているようだった。彼らの二本の脚はこすれ合い、太腿《ふともも》も膝《ひざ》も足首も触れ合っている。ミックは残ったロープを彼らの首に巻いた。あまりきつくはないが、どちらかが動こうとすれば、二人は同時に喉笛《のどぶえ》を締め上げられるように感じるに違いない。

家の中で、彼は水を二杯飲んだ。アドレナリンと実力行使で汗をかいたのだ。懐中電灯を手にポーチへ続く灰色の段に腰を下ろし、男たちのポケットの中身を点検した。デトロイトの運転免許証、同じ会社のクレジットカードが一枚ずつ、二人で総額四百六十ドル。彼の写真が一枚、軍のウェブサイトから抜き取った古いものだ。顔が細面に見える。シャツの襟が一方に傾いて、日焼けした跡がくっきりと見える。ミックは最初の〝遠征〟では熱心な兵士だったが、二回目は情報と人員不足ですっかり興醒《きょうざ》めしてしまった。仲間の死亡率の高さ。地方の同僚の度重なる裏切り行為。憲兵《MP》隊へ転属後、熱意が再び燃え上がり、ＣＩＤへ昇格してそれは決定的になったのだった。

捕虜の一人が身じろぎした。ミックは貯水槽へ行ってひしゃく一杯の水を掬《すく》い上げ、二人の頭に振り掛けた。それからしゃがみこむと、二人の顔を平手で引っぱたいた。

男たちは口をぱくつかせ、ひしゃくの水で目をパチクリさせていたが、やがてそれはフラッシュライトの鋭い光線に取って代わられた。彼らはすぐに、捕われていることに気がついた。ミックには、二人が仕事に失敗したことに気づき、それが欲求不満と怒りに取って代わるのが見て取れた。

「あれは昆虫の風呂《ふろ》なんだ」とミックが言った。「雨水を貯《た》める桶《おけ》だから虫が沢山入る。ただし死んでるんで、お前たちを咬《か》むことはない。その点は心配しなくていい」

「くそっ」と、裏口にいた男が言う。

「お前の名前は、フレデリック・クラレンス・コーンスプットだな」ミックが言う。

「子供の頃には、コーンホール（肛門の意）と呼ばれたんだろう。お陰でタフになった、違うか？　どれくらいタフなのかじきにわかるな」

　ミックはフラッシュライトをもう一人の男に向けた。

「で、お前がバーノン・V・アームストロング・ジュニアか。このVってのはバーノンのVじゃないよな」

「ビクターだ」とバーノン。

「こっちで育ったアームストロングの連中を知ってるが、お前こっちに親戚は？」

　バーノンは肩をすくめた。

「ずっと北で車の修理場をやってるが、残念ながら、お前には似合いそうもないな。タイムカードを押してやる仕事のほうが、ここで犬みたいに木に繋《つな》がれてるよりは増しだろうに」

「いったい何が望みだ？」バーノンが訊《き》いた。

「それそれ」とミック。「大切な質問だ。あんたが縛られ、俺がそうじゃないことを考えれば、質問をするのはどうやら俺のほうだな。だから、バーノン、話してもらおうか、いったい何が望みなのかと」

小川の方角から、小さなカエルたちの不協和音が聞こえてきた。それが一瞬、ウシガエルの重量感のある鳴き声によって黙らされた。天の川の断片が、梢の上に泡のように浮かんでいる。

「わかったよ」とミックは言った。「誰も喋らない、と。お前らの口はクルミのように頑丈なんだ。俺が知っているのは、お前たちが誰かにここへ送られて来たってこと。そして知らないのは、それが誰でなぜかってことだ。お前たちに出来るのは、今この場で話すか、ここで夜を明かして明朝からやり直すかってことだ」

男たちは喋らなかった。ミックは立ち上がり、二人に近づいた。

「ようし、おねんねの時間だな。お前たちをもう少ししっかり縛りたいんだが、もうロープがない。バンジーロープがあるんでそれを使うことにする。血液の流れを止めるかもしれんが、なに心配ない、俺は朝が早いからな。まあ壊疽《えそ》の心配はないだろう」

ミックはフラッシュライトを切り、暗闇で語を継いだ。

「手足の萎縮《いしゅく》は問題じゃない。何せここはヤマネコの住処《すみか》だからな。メスが催すとオスが付け回す。わかるだろう？ 連中にしてみれば当然なんだ。バンジーロープが悪さを働く前に、奴らがお前たちを見つけてくれる。そうなったら、俺も諦《あきら》めるさ」

ミックは階段を上り、網戸をバタンと閉めて家の中に入った。顔がひとりでににやついている。普段は人目を避けているヤマネコも、窪地の水を求めて干上がった小川へと出向いてくるのは八月だけだからだ。デトロイトのアホどもがそんなことを知っているはずがない。二人が何やら話し合っているのが聞こえてくる。彼は勝手に、二分以内に声を掛けてくるだろうと当たりをつけた。だが、外れだった。男の一人が四十秒後に声を上げたのだ。

「話をしよう」と彼は言った。「とにかく放してもらいたい」

「嫌だね」とミック。

彼の耳にはまた二人の話し声が聞こえた。

「あんたはいったい何を知りたいんだ？」男が叫ぶ。

ミックは外へ出た。フラッシュライトを点《つ》け、正面から男たちを照らした。積み上げられた材木の山から、焚《た》き付け用のオークの薪《まき》を取り出した。ナイフ類は拳銃よりもっと恐怖心を抱かせるが、最も危険だと思われるのは薪である。これはおそらく、古代の記憶の名残、ネアンデルタール人の恐怖なのだろう。燃え盛る松明《たいまつ》が最大の恐怖を与える武器だと聞いたが、揃《そろ》えるまでに時間がかかり過ぎる。

「誰の命令だ？」彼は尋ねた。

「チャーリー・フラワーズだ」とバーノンが答えた。

「何者だい、その男は？」

「ボスだよ」

ミックはフレディの脛《すね》にオークの棍棒《こんぼう》を叩き付けた。彼は叫び声を上げ、殴られる距離から逃れようとしたが、もう一人の男に括り付けられたロープに邪魔されて動けない。これもまた、ミックが砂漠で習得したテクニックの一つだった——殴られた男の衝撃がもう一人にも通じるため、彼もまた殴られたように感じるのだ。

フレディの痛みが治まった頃を見計らい、ミックはもう一度、今度は力を込めて殴り付けた。

「チャーリー・フラワーズだよ」ミックが言う。

「デトロイトからヤクを丘陵地に売ってるんだ」バーノンが言った。

「それが俺とどういう関係があるんだ?」

バーノンは黙り込み、ミックはもう一度、フレディの膝近くを殴り付けた。

「何だよ、クソッ!」フレディが叫んだ。「おいらは何もしゃべっちゃいねえぜ」

「だからだ」

ミックはフレディの膝をトントンと二度軽く叩き、三度目に大きく振りかぶった。

「待て」とフレディが言った。「よしてくれ」

「だったら話せ」

「ファッキン・バーニーてのは、ここでのチャーリーの仲間なんだ。二週間に一度、I－64（インターステート〈州間高速道〉64号線）にある休憩所で運転手と会ってる。そこで品物を受け取ってるわけだ」

「どの休憩所だって?」

「ロックソルトに近い所だ」

「俺の所に寄越したのはなぜだ?」

「チャーリーが聞いたんだ、あんたがファッキン・バーニーのことを探ってるって。

だけどあんたのことがわからない。麻薬取締局なのか何なのか。で、おいらたちが駆り出されたんだ」

「で、どうしろと？」

「あんたがＦＢＩだったら、俺たちは黙って引き上げる」

「もし違ったら？」とミックが訊いた。

「ファッキン・バーニーに近づくな、と脅しをかける」

「他には？」

「それで全部だ」

「全部じゃないね」ミックは言う。「この場所をどうして知ったんだ？」

「チャーリーが教えてくれたよ」

気温が急速に下がり、夜の物音も途絶えた。台風が近づいており、突風が起こったかと思えば、稲妻が光り、雨が降り出した。オークの下でバーボンを飲み、身の回りの何万枚という葉っぱに降りかかる雨音に耳を傾けるには格好の夜だ。しかし今夜ではない、今夜は無理だ。やるべきことが山ほどある。囚人たちをリンダに手渡すこともできたが、残念ながら、彼らはまだ罪を犯してはいない。武器の不法所持を理由に検挙することも出来るが、大量のペーパーワークの割に得るものは少なすぎる。

「脚の具合はどうだ？」彼は訊いた。

「痛いよ」とフレディ。

「俺はチャーリー・フラワーズや麻薬ビジネスがどうなろうと知ったこっちゃない。俺はただファッキン・バーニーと話がしたい。こう考えてもらおうか。警察が奴の捜索を始めたら、お前たちのビジネスは暗礁《あんしょう》に乗り上げる。だから、奴と俺が話し合うようにしてくれたら、万事はまた元通りになるんだがな」

「で、おいらたちは？」フレディが訊いた。

「デトロイトへ戻るさ」とミック。

「そうはいかないぜ」とバーノン。「ファッキン・バーニーは気に入らないよ」

「だからどうした」とミックが言う。「お前たちは自動車都市で仕事をしてるんだろうが。お前たちの言うことが通るんだ。あるいは、今夜ここで何があったか洗い浚《ざら》いミスター・フラワーズに話すんだな。奴が信じられるように、俺が何箇所かに軽い銃撃を加えてやるって手もあるぜ。ロックソルトに修道女が経営する病院があるが、もしそうなると、お前たちには不要な関心を集めちまう。問題は、デトロイトまで血を流しながら帰るのは楽じゃないってことさ。しかしお前たちが望むんならそれでも構わない。一発ずつ、致命傷にならず、動脈も外して撃ってやる。傷口は俺が縛ってやるよ。どうだい？」

「俺たち、奴の居場所を知らないんだ」バーノンが言った。

「俺が奴を探してるって、ボスに言ったのは誰なんだ？」

「ファッキン・バーニーのお袋だ」

ミックは思わず笑い声を上げた。あの老婆《ろうば》に見事にしてやられたのだ。

「俺は腹が減ったよ」とミックは言った。「お前たちもそうだろう？　まずメシを食って、それからミセス・キシックの所へ出かけよう」

家の中で、ミックは彼らの銃から弾丸を抜き取り、スパゲティオーズを三缶開け、外へ持って出た。手首のロープを切ってやる。ミックはフォークで食べ、二人にはスプーンを渡した。

「なあ」とバーノンが言った。「俺はこのスパゲティオーズが大好きなんだ。ガキの頃に食ったのはこれだけだった。温かくしたほうが美味《うま》いがね。ここではいつもこんな風にして食うのかい、缶とスプーンでさ。アウトドア派のやり方なのかな？」

「違うな」とミック。「お前たちにフォークをやるほど惚《ぼ》けちゃいないってことだ」

「スプーンで相手の目ん玉を抉《えぐ》り出すことだってできるぜ」

「うるさいよ」とフレディが言う。「おいらは食ってるんだ」

ミックは二人に水を渡してやり、フレディのズボンを手繰り上げた。薄い布地が膝まで上がり、三箇所の赤いみみず腫《ば》れが現れた。

「皮膚は破ってないな」とミック。「疼《うず》きはするが歩けるだろう。お前たちの車を利用しよう」

二人はうなずいた。ミックはロープを切ってやり、銃で彼らの車へと急がせた。

「運転手はバーノンだ」ミックは指示した。「フレディ、お前も前だ。俺は後ろに座る。何かおかしくなったら、俺はシートを挟んで銃を撃つ。音を消すためにだ、わかったか？」

車に落ち着くと、ミックはキーを取り出して二人をびっくりさせた。フレディはバーノンを見やり、馬鹿にしたように頭《かぶり》を振った。

# 第十五章

彼らは丘を静かに離れると、黒いアスファルト道に乗り、続いて裏道に入り込み、キシック家を目指した。ポーチライトが灯《とも》り、男がライフルを手に外へ現れた。それを見るなり、ミックはにやりとした——距離の短い標的に対しては、最悪の武器なのだ。彼は窓を引き下げた。

「ミック・ハーディンだ」と彼は言った。「あんたはミセス・キシックの息子だね？」

「ああ」と男は言った。「メイスンだ」

「お母さんとちょっと話がしたいんだが」

「もう寝ちまったよ」

「起こしてくれ」ミックは言った。「仕事だと言うんだ。デトロイトから来た連中二人を連れてると伝えてほしい」

「お袋は起こされるのが嫌いなんだよ」

「でもやったほうがいい、さもないと俺はクラクションを鳴らし始める。そしてこうなったのもあんたのせいだと言う。さあ、やってくれ。すぐに済むから」

メイスンは二十秒ばかり無言で立っていたが、やがて子供染《じ》みた反抗心を収め、家の中へ入って行った。二、三分後にまた出てきたが、肩が腹立たしげに歪《ゆが》んでいる。

「あんたは入ってもいいってよ。でも連中は駄目だ」

「そりゃノーだ」とミックは言った。「奴《やつ》らを放っておくってのは無理だね。逃げちまうかもしれん」

「連中に手《て》枷《かせ》でもすればいい」

「そんなもの持ってるのかい？」

メイスンは頭を振る。

「俺もない。俺がここにいるのは理由があるからだ。とにかくお母さんを呼んできてくれ」

メイスンはうなずき、もう一度家の中へ消えた。

「鍵《かぎ》を渡せ」とミックはバーノンに言った。「それからその窓を下ろせ。この車から一人でも逃げ出したら、殺されても文句は言うなよ」

彼は車を離れ、バーノンからは手が届かないところに立った。半月が昇り、空中に壊れた皿のようにぶら下がり、近くの星から光を集めている。突然、メスのフクロウが高調子の囀《さえず》りを始め、続いて二羽のオスが彼女の寵愛《ちょうあい》を得ようとせっせと返事をよこす。

シフティ・キシックはポーチに姿を現した。ナイトガウンの上に長いフランネルのローブを羽織り、スリッパを履いている。ローブの片側が下がって見えるのは、おそらく、ピストルの重みのせいだろう。前回はキシックを見くびってしまったが、二度とそれはない。メイスンがライフルを片手に傍に立っている。

「ミセス・キシック」と彼は呼び掛けた。「起こしてしまって申し訳ない」

「あんたの望みは何？」

「デトロイトのこいつらが突然やって来ましてね」

彼女は暗い車の中に目をやった。

「あたしの知らない人たちだね」彼女は言った。

「俺もです。で、俺はこいつらを見逃し、俺に言ったことを忘れようかと思ってる」

「何のことだい？」

「あんたのファミリー・ビジネスとかね。ヘロインとかチャーリー・フラワーズとか、そういったことですよ」

「奴らの言うことを信じるのかい？」

「チャーリー・フラワーズは連中を送って、俺に言い聞かせたかったらしいのさ、あんたの息子を追い回すのを止《や》めろって」

「それでどうなるんだい？」

「奥さん、あんたは息子がどこにいるか知ってるはずだ。彼と話をさせてくれれば、俺はこの二人を帰宅させたいと思ってる。俺が二人を殺した場合、ミスター・フラワーズには二つの方策がある。一つは、こいつらよりもっと手強《てごわ》い連中を送ってくる、二つ目は、さっさと手を引いて、あんたとは別の人間と組む、だな」

「あたしを敵にしようってのかい。キシック家の全員をさ？」

「それは理解してるよ、奥さん。しかし俺は外国へ戻る。最悪の事態は、俺はもう二度とここへ戻れないことだが、それも考えようによっては納得できることなんだ」

「この辺りに奥さんがいるんだろ？」

「もう少しはっきりと話をしようか、ミセス・キシック。俺は一度もあんたの家族を脅したことはないし、同じ解釈を今回もしてもらえれば有難いということだ」

彼女はうなずいた。

「ありがとう」と彼は言った。「あんたの息子と話ができたら、二度とふたたび会うことはないはずだ」

「彼はここにはいないわ」

「電話で呼んでもらえませんか。一分と時間はかからない」

「何を訊きたいの？」

「チョクトーで誰を見たのか。時間は？　彼らが乗っていた車は？」

「彼は気に入らないわね」

「奥さん、あんたは寝てる途中で起こされて気分が悪い。俺はデトロイトのゴロツキを車に乗せてるのが嫌だ。つまり、我々のどっちもが嫌な思いをしてるってことだ。もし彼と話ができるんなら、誰もがこんな不愉快な関係には終止符を打って、またベッドと仲良くできるんだ」

ポーチの朧《おぼろ》な明かりの中で、彼女の顔はきっちりと無表情を守っていた。ミックは一瞬、彼女がもし母親だったら、自分はどうなっていただろうと考えた。もしそうだったら、俺が麻薬を抱えて丘陵地を駆け回り、ファッキン・バーニーが陸軍に入ってたとしてもおかしくないかもしれない。

「電話ちょうだい」と彼女はメイスンに言った。

彼は携帯を母親に渡した。彼女はボタンを一回押し、やがてミックには聞こえないほどの小声で話し出した。もしも状況が不利に動き出したら、メイスンがライフルの銃口を外しているうちに、彼女の脚に一発くれてやる。母親が倒れたら息子は泡を食い、ミックは簡単に奴を始末できるだろう。

彼女は携帯を息子に返し、メイスンはそれを持って階段を三段下り、中庭を横切って来た。ミックは車の背後に身を移した。

「フードの上に置いてくれ」と彼は言った。

メイスンは母親にチラリと目をやり、彼女が素早くうなずくと、言われたとおりに携帯を置いた。

「メイスン」と彼は言った。「頼みがある。俺があんたの兄弟と話してるあいだ、車の中の連中にライフルを向けていてくれないか」

彼はふたたび、了解を得ようと母親のほうを振り返った。彼女はうなずき、ミックは携帯を手に取った。宛先《あてさき》はF・Bとある。ミックはそれを自分の耳に当てた。

「お前を探すのに手間取ったぜ」と彼は言った。

「見つかっちゃまずいんだ」

「ノニー・ジョンソンが殺された夜、お前がチョクトーに行ったことはわかってる。あそこに誰が居たのか知りたいんだ」

「おいらは何も知らないぜ」

「俺は警察じゃないんだ」

「おいらが心配してるのは警察なんかじゃないぜ」

ミックは頭を傾け、素早く思案した。ファッキン・バーニーが何を知っているにせよ、彼はそれで身を隠しているわけだ。誰かを恐れているのは間違いない。

「誰から隠れているんだい？」ミックが尋ねた。

「わからねえやつだな。俺は何も言わねえよ。お袋に頼まれたんでこうしてるだけだ」

「それはわかる」とミック。「母さんには大人しいんだな」

「悪いか」

「俺は今、デトロイトから来た二人の男を抱えてる」

「お袋が言ってたな」

「ちょっと聞いてほしい、頼むぜ。俺は今、妹を呼ぶことだってできるんだ。彼女は州警察とＦＢＩを連れてやって来るだろう。彼らがチャーリー・フラワーズのことや、お前が彼の手先となって麻薬を扱ってるのを問い質《ただ》すのは間違いない。お前のお袋さんを始め、全員が引っ張られるのは明らかだ。お前はデトロイトのチンピラどもに狙《ねら》われたくはないだろう。それにお前のために、お袋さんを刑務所送りにしても平気だってわけじゃないはずだ。だから教えてくれないか、俺の知りたいことをさ」

「嫌な野郎だな、あんたは」

「もう何回も聞いてるさ。まずは俺の知らないことを知りたい。ノニーを殺したのは誰か？　お前は誰から隠れてるのか？」

　ファッキン・バーニーは二分間、話し続けた。ミックは電話を切り、メイスンに家に戻るように合図した。彼は中庭に携帯を放り、ミセス・キシックにうなずいた。

「ありがとう、奥さん」と彼は言った。「あと一つだけ」

「ご勝手に」

「俺の爺《じい》さんの家については誰にも話して欲しくない。もしそうなったら、次回はもっともっと苦しいことになるんでね」

「あんたが親父《おやじ》さんの息子だってことはよっくわかるよ」彼女は言った。「四十年前に、ここでちょうど親父さんに口説かれた」

「彼が嫌いでした？」

「そんなことはないさ。ただね、当時は親父さんも押しが強くなくってさ」

「そうらしいですね」ミックは言った。「それじゃ、また」

ミックは車の後部座席に戻り、バーノンにキーを渡してキャビンまで運転するように言った。そして戻るなり木の下に座るように言い、二人は直ちにその指示に従った。これもまた尋問方法の一つで、若い象たちのトレーニング方法から学んだものだった。彼らは生まれて二、三年のあいだ杭《くい》に鎖で繋がれる。そうすると鎖を外されてからも、彼らは地面に打たれた杭の周りに集まるようになるのだ。

バーノンとフレディが座っているあいだに、彼は車を仔細《しさい》に点検し、何も異物がないことを確認した。

「ようし」と彼は言った。「お前たちは帰っていい」

「何を探してたんです？」バーノンが尋ねた。

「予備の弾薬だ」

言いながら、彼は弾を抜き取った銃を二人に返した。

「足は済まなかった」彼は言った。

「もうあんまり痛くないすよ」フレディが肩を竦《すく》めながら言う。「ナイフも返してもらえませんか」

「そんなもの、どこでも手に入るじゃないか」とミック。

「伯父からもらったもんなんで」

ミックはナイフを彼に投げ与えた。

「すみません」とフレディが言った。

ミックはうなずき、二人は車に乗り込んだ。

「お前たち、チャーリー・フラワーズに何を言っても構わんが」とミックは言った。「俺は奴には関心がないとはっきり伝えてくれ。他の誰かがまた探りに俺の家にやって来るにせよ、俺はどこにも隠れたりしないってな」

バーノンは車を出した。ミックはテールライトが暗闇に消えるまで見守っていた。エンジン音を響かせながら、重力に逆らいつつファーストギアで斜面を下って行く。その物音が途絶えてから、彼はキャビンに入った。

丘のふもとまで来ると、バーノンはアスファルトの上で車を止めた。車は酷《ひど》い臭《にお》いを発している。〝恐怖臭〟なるものがあることは知っていたが、そんな自分の臭いを嗅《か》いだのは初めてのことだった。フレディはタバコに火を点けると車を降り、足を伸ばしたり体重を乗せたりしている。バーノンが加わった。

「どうだ、調子は？」

「悪くないすよ」フレディは言った。「あんたの家族がここの出身ってほんとかい？」

「ああ。連中は八〇年代にデトロイトへ出たんだ」

「ラッキーだったな、そういう人たちがいてくれて」とフレディ。「ここはいったいどういう場所なんだ？」

「親父によれば、国が造った最後の国有林がここなんだそうだ。町はもう出来ていた」

「本物の森ん中で、連中、ほんとに暮らしてるんだよな」フレディの口調は珍しいものを見たと言わんばかりで、苦笑いが浮かんでいる。その調子は久し振りに笑ったせいで錆《さび》が生じたかのようだった。「早くずらかろうぜ」

「なぜ？」

「従兄弟《いとこ》んとこに行こうかと思ったんだがな」

「弾を手に入れるためさ」

「あいつはまるで、魚でも摑《つか》むみたいにおいらたちをひっ捕まえた」とフレディが言った。「もっと仲間を増やさないんなら、おいらはご免だよ。やつのことは忘れて、ここをおさらばしたほうがいい」

「チャーリーには何と？」

「ハーディンは売人じゃないし、ＦＢＩでもないって教えてやりゃあいいんだ。奴には警告はしたし、仕事は済んだってね」

「あの婆《ばあ》さんが知ってるぞ」

「彼女はお喋《しゃべ》りなタイプじゃないよ」

「しかしもしそうだったら？」バーノンは言った。「チャーリーは頭に来るかもしれん」

「だったらどうする？　ここに残って、皆とやり合うのかい？　ハーディン、ファッキン・バーニー、あの婆さん、それにあの家の中にいる連中とだ。それがあんたのプランかい？」

「俺の従兄弟たちが協力してくれるかも」

「まだ会ったこともない従兄弟だろ？　よく言うぜ」

「じゃあ、お前のプランは？」バーノンが訊いた。

「帰って、支払いを受ける。一週間、のんびりとマリファナをやって、次の仕事を待つ」

バーノンは彼らを押し包む鬱蒼《うっそう》たる木々を眺め、影に潜む土地、丘と丘の間の細長い夜空に瞬《またた》く星の流れに目をやった。彼もここには長居をしたくなかった。彼のプライドにしても、これ以上の屈辱に耐える気力はもうなかったのだ。

「わかったよ」と彼は言った。「デイトンに寄って、メシでも食うとしようぜ」

キャビンの中で、ミックは銃を手に寝ころび、月光でぼんやりと彩《いろど》られた天井を見やっていた。あの二人のシティボーイが、彼にもう一度ちょっかいを出してくることはないだろう。どん底から這《は》い上がり、今のボスのために働きだしたものの、それ以上の昇格はないと自覚していた。彼らの自信とエネルギーが若い時には大いに役立ったが、もう今が限界なのだ。頭も、勇気も、タフさも充分ではない。彼らのような男にできるのは、死ぬか服役するかのどちらかなのだ。

# 第十六章

ミックは朝七時に目を覚ました。窓外の茂みの下方から聞こえる、キイロムシクイ鳥の歌声に耳を傾けた。空は真っ青だが、木々の頭上だけ赤い筋が入っている。ラバに咬《か》まれた傷跡の包帯を替えると、彼は銃を懐《ふところ》に丘を下り、道幅のある所で車を止めた。グローブボックスから携帯を取り出し、受信内容を確かめた。ドイツからさらに二件、彼は無視することにした。スモーキー・バレー・トラック・ストップで朝食を取ろうと、リンダにメールを送った。すぐに彼女から返信があった。

**あれは五年前に閉鎖。I-64のボブの店で。二十分後に。**

彼はボブの店に向かった。ミルクや卵、タバコ、釣り具などを売っているガソリンスタンドだ。棚には埃《ほこり》を被《かぶ》ったプラスティックのカバーの掛かった、オレンジ色の救命具が一列に並んでおり、丘陵地の住人達は溺《おぼ》れるよりも金を使うことが心配のようだ。祖父がよく言っていたように、泳げない人間は湖に近づくべからずなのだ。店の奥には蒸気保温用のテーブルがあり、ソーセージの強烈な匂《にお》いが漂っている。店の隅には四人の老人がコーヒーを片手に座っており、シンシナティ・レッズの優勝の可能性について耳障《みみざわ》りな声でがなり合っている。リンダは二、三分遅れて到着した。髪の毛がまだシャワーのせいで湿っている。

「食べる？」彼女が訊いた。

彼はうなずき、二人はカウンターへ行った。鼻輪を付けた華奢《きゃしゃ》な女が二つの紙皿に、スクランブルドエッグ、ソーセージ、ビスケット、グレービー、それに黒ずんだポテトを載せて手渡してくれる。リンダは腰に装着したベルトを調整して小さな椅子《いす》に腰を下ろすと、フォーク一丁で食事をつつきながら話し出した。

「こんなに早い時間に会う必要なんてあるの？」

「ここじゃ言えないよ」

「朝方のあんたっていつも不愛想だってこと、あたし忘れてたわ。二日酔いなの？」

「いいや、もう酒は止めたからね」ミックが言う。「親父とは違うから心配いらない」

「何言ってんだか」

「やっぱり不愛想かい？」

彼は昔から教えられた通りに、片手にビスケットを摑んで食べ始めた。祖父はビスケットのことを〝プッシャー〟と呼び、子供の頃にはよく、「おい、プッシャーを一枚取ってくれ」と言われたものだった。二人は食事を終え、リンダの車へと歩いた。陽光が凸凹した駐車場に斜めに差し込み、ガソリンの跡を虹色《にじいろ》に照らしている。

「まだタナー・カーティスを留置してるのかい？」彼は尋ねた。

「ううん、昨夜放免したわ。ちゃんと電話に出てくれれば、教えたのに。それから、ドイツからも連絡があったわ。あんたがここにいるって、知ってるのよね？」

「俺の帰隊期限は先週だった」

「トラブルなの？」

「俺の上官が助けてくれるよ。最悪で第十五条に引っかかるとこだが、そうなってもペナルティには問われず、精神科医に相談するよう命じられるだけだ」

「あんたを診なけりゃならない先生が可哀《かわい》そう」

「そうはならないさ」とミックは言う。「そうしなきゃならないのは、情緒不安定な人間か麻薬の不正使用が疑われた時だ。つまりは、ＡＷＯＬで外へ出ざるをえなかった連中さ。俺が戻ることを彼らは知ってるよ」

「だったらなぜしつこく電話してくるの？」

「わからんね。とにかく俺はペギーに会うまで帰れない、その理由は今話したいとは思わないが」

「オーケー、兄さん。で、何を話したいの？」

「俺はノニーを殺した人間を知っている」

リンダの表情が強張《こわば》り、鋭い緊張感に取って代わった。彼女は車のドアを開け、運転席に乗り込んだ。ミックは反対側に回った。

「いつわかったの？」

「昨夜だ」

「どうしてすぐにあたしに教えてくれなかったの？」

「ちょっと問題があってね。それを解決するのに時間がかかり、終わったら時間は遅いし、くたびれてしまったんだ」

「あんたの人生で、くたびれるなんてことがあったの？」

「その問題ってのが、少々厄介でね。重要なのは、俺が殺人者の身元を突き止めたってことだ。デルマー・コリンズだよ」

「確かなの？」彼女が訊いた。

「俺はファッキン・バーニーと話をしたんだ。彼はあの夜、チョクトーにいた。デルマーは立ち去るところをファッキン・バーニーに見られたのさ。翌日、ファッキン・バーニーの元を訪れ、脅した者がいた。彼が身を潜めたのもそれが理由だ。彼が恐れたのは警察ではなく、デルマーの伯父の、マービル・ノックスだったんだ」

「あのクソ野郎が」と彼女は言った。「だからノックスは、ＦＢＩをあたしのオフィスへ呼んだんだわ。そしてダプテッド・ボーイを逸早《いちはや》く逮捕して、自分の甥《おい》っ子から疑惑を追い払おうとしたのよ」

彼女はハンドルを三度叩《たた》き、まず叩いた拳《こぶし》を見やり、それから降りかかった水気を弾《はじ》き飛ばすかのように手を払った。

「で、デルマーはどこ？」

「奴を探すのが、次に俺がやることだ」

「あたしはファッキン・バーニーに会いたいわ」

「そりゃ無理だ」彼は言った。「知ってることを話してくれたら、知らんふりをすると約束したんだ」

「何を知らんふりするの？」

「奴はヘロインを扱ってる。インターステート上のエルドリッジ郡にある休憩所で、品物の受け渡しをしてる」

「つまり、こういうこと？　あんたは麻薬ディーラーである目撃者を見つけたが、彼は恐怖を感じて出てこられない。あんたは殺人犯がどこにいて、なぜ犯行に及んだかもわからない。そしてまた、あたしの行動も逐一、殺人者の伯父に報告する男がくっついている」

「そういうことだね」とミックはうなずいた。

「あたしは、ＦＢＩの男をうまくはぐらかさなきゃね」

ミックは再びうなずいた。

「まずは、ルイビルにある連中の出先オフィスに電話するわ」リンダが続けた。「で、ヘロイン業者に関する情報を得たんでモニターしたいんだが、どうにも人手が足りないからって、特別捜査官のウィルソンに休憩所の監視を頼むのよ」

「聞いてくれるかな？」

「誰を逮捕しようと、すべてあなた方の手柄であって、あたしのじゃない、そう言うわよ」

「そりゃいい案だ」ミックが言った。「頭がいい」

「ファッキン・バーニーが休憩所のことを話したの？」

「いや。それは別から手に入れた情報だ」

「あんたの言う、複雑な情報源の一つで？」

彼はバーノンとフレディのことを考えながら、うなずいた。一晩かけて運転して帰った彼らは、今も眠り呆《ほう》けているに違いない。彼は何となく、あの二人を憎めなくなっていた。ヨーロッパ各地の基地で出会った、何百という〝育ち過ぎた少年たち〟とどことなく似ているのだ。

「他に何か？」

「俺の勘では、デルマーはいまだこの近くにいるはずだ。彼の伯父が奴をきっちりと見張ってる。お前が何をするにしろ、デルマーに目をつけていることをノックスに知られるのはまずい。彼の影響力にファッキン・バーニーは怯《おび》えてるが、奴の家族は簡単に怯えるような連中じゃないんだよ」

「あら、家族全員のことをもう知ってるの？」

「ウチの親父さんはお袋と結婚する前、あの母親と付き合いがあったそうだ」

「だからってどうなるわけでもないわ」

「俺たちが知ってることをノックスが気づいたら、事態はもっと悪くなる」

リンダは大きく息を吸い込んだ。手がまだ痛むのだろう、さもなければ、もう一度ハンドルを叩くところだった。

「あんたは何をするつもり？」

「俺はタッカー老人ともう一度話すつもりだよ。この丘陵地で彼はずっと生きてきたんだ。隠れるのにいい場所を、あの老人なら知ってるはずだ」

「そうよね」

「この話はここでだけだ。ジョニー・ボーイにも黙っててくれ」

「心配しないで」と彼女は言った。「彼は今、土地問題で郡の反対側に行ってるわ。ある男が塀を立て、隣人が自分の土地だと言い出した。問題は、二人が喧嘩《けんか》してるのは幅二インチの土地だってこと。塀の長さは約四分の一マイル。隣人によれば、計八百ヤードの土地が盗まれたってことになるらしいの」

「両方とも、測量のやり直しだな」ミックが言った。

「両方とも、そのお金がないのよ。彼らの持ってる物と言ったら泥と銃だけ。だからあたしじゃなく、ジョニー・ボーイに行ってもらったの。彼だったら、話ができるじゃない」

「つまりそれで、俺たちがすることを彼は知らないで済むってことか」

ミックはＳＵＶを降りると、妹の側へ回り、窓が下がるのを待った。

「今度は何？」

「ＦＢＩに電話したら、すぐに俺に内容を教えてもらいたい」

「何するつもり？」

「いろいろさ」

彼はトラックに戻り、町を離れた。向かう先はカーター郡との境界線を為《な》す、人里離れた尾根だった。タッカー老人が住む丘の麓《ふもと》で四輪駆動に切り替え、急斜面を登りはじめた。マムシが道幅一杯に伸びて暖気を得ようとしている。トラックの振動で目覚めたヘビは、のそのそと避難する。頂上に着いて、ミックは鋭くターンした。それは行き止まりの尾根で、その奥にタッカー家はあるのだ。家の周りを駆け回っていた白い犬が一声吠《ほ》えるや、両耳を寝かせ、全身を強張らせて家の前で動きを止めた。しばらくするとドアが開き、作業衣姿のミスター・タッカーが現れた。右手がそれとなく背中に回されており、ピストルを握っていることは間違いない。

「ミスター・タッカー」とミックは車の中から声を張った。「ミック・ハーディンです。二、三日前にここへ来ましたが」

老人はうなずいた。ミックはトラックを離れたが、事を構えたがっている犬から目を離さない。

「先回は犬を見ませんでしたがね」ミックは言った。

「ああ。ちょっと出てたんでね」

「咬みますか？」

「わしがそう言えばな。お前さんの脚を咬み切って、それでぶん殴ろうって奴さ」

「ちょっと話したいんですが？」

「いいともさ」

タッカーはポーチへと手を振り、ミックは仕方なく犬を無視して階段を上った。

「犬の名前は何て言うんです？」彼は訊《き》いた。

「わしが呼ぶ時はドッグだな。そのほうがお互いにとって簡単なんだ。ドッグって名の犬を七匹飼ったことがある。女房はかち合うのが好きでな、でも子犬が老犬になって次のが来ると、収拾がつかん。ドッグ・ワン、ドッグ・ツー。終りがないのさ」

ミックはうなずいた。老人は先回よりも饒舌《じょうぜつ》で、おそらくは朝のコーヒーと十分に眠れたせいだろう。

「眠れましたか？」とミックは尋ねた。

「お前さん、眠ったかとか犬の話をしにやって来たんじゃあるまい」

「ええ、そのとおりです。ノニー・ジョンソンについてなんですよ。俺は犯人が誰か見当はついてる。奴が丘のどこかに潜んでるのは間違いない。町は狭過ぎるんだ。あんたはこの丘陵地について誰よりも詳しく知ってる。で、彼が身を潜めそうな場所を教えてもらおうか、と」

一羽のハチドリが紫色のアサガオに嘴《くちばし》を差し入れた。そこへライバル心に燃える別の鳥が突っ込んでゆき、一端《いっぱし》の空中戦が繰り広げられるものの、やがてどちらかが近くのチェイストツリーへと退散する。

「洞穴があるな」とタッカー。「ガキ連中がそこへ行って酒を食らうのさ」

「もう少し一般的でない所は？」

「今は誰も住んでない空家が、三、四軒あるな。もう道路も草木で塞《ふさ》がってるようだな」

「案内してもらえますか？」

「そんなに長い時間、女房を一人にはしておけんのだよ。しかし家族の名前は知ってるぞ」

「助かります」

「一つはコーディルだ。沢山いるが、ボイド・コーディルの母親があんたの探してる人間だろうな。次に古いブラナムの自宅と。それからギブソンの地所だ。全員出て行ってしまったが、連中が住んでいた場所はそのままだ。いつの日にか、ここも同じようになるだろうよ」

「言っときますがね」とミック。「あんたには死ぬまでにまだ何年も残ってるんです」

「女房は違う」

言って、老人はチラッとドアのほうへ目をやった。この丘陵地では、八十代まで生きる人は稀《まれ》だし、夫婦共にとなるとほとんどあり得ないのだ。

「お気の毒です」とミックは言った。

老人は何も言わず、ミックは自分のトラックへと戻った。彼は何度となく、ペギーと自分の人生にも同じような図柄を描いたものだった——一日の仕事を終えて、二人はポーチの椅子に並んで座っている。彼らの幸せの元は、鳥たちであり、木々であり、花たちなのだ。ミックは、木立が年輪を刻むように、時を数えられたらいいのにと願った。

# 第十七章

　リンダは生まれつきの飛ばし屋であり、ライトバーを点滅させながらアスファルト道路を突っ走るのが大好きだった。彼女はSUVの力量を愛し、アスファルト道をしっかりと摑むその能力に感嘆し、あるいは四分の一マイルの直線道路を時速百マイルで走る快感が忘れられなかった。道路は公的には郡道519として知られていたが、地域的にはクリアーフィールド・ロード、ポッピン・ロック・ロード、あるいはゴーイン-ツー-パラゴン・ロードなどと呼ばれていた。道は家族墓地やトウキビ畑を幾つか過ぎて南へ向かい、リック・フォーク・クリークを過ぎてザッグ町に辿《たど》り着く。彼女は郡境界線に近づくにつれてスピードを落とした。モーガン郡のこちら側の砂利道で、グランプリという車が溝にはまった、という緊急連絡を受けていた。二人の人間が幸い無傷ではあるが、どうやら〝良からぬ行為〟をしていたらしい。

　リンダは簡単に道を見つけた。彼女の車は粉砕された石灰岩の砂塵《さじん》をもくもくと立ち昇らせて停止する。グランプリは鋭いカーブを曲がり切れず、深い溝にはまり込んでしまったのだ。右側の後部クォーター・パネルの色は車の全体の色調とはかけ離れており、廃品置場から集めてきたものらしい。車の様々な部分で表面の塗装が剝《は》げ落ち、その生の鉄が赤く錆びて、血の涙のように見える。車のプレートナンバーを照合した結果、その車はリンダがマリファナの下《した》っ端《ぱ》売人と記憶している、ロジャー・クロフォードに登録されていた。

リンダは車を止め、グランプリに近づいた。若い男が後部座席で横向きに眠っていた。両手がくの字に曲げた両脚に呑《の》み込まれている。二人の二十代前半の若者が倒木に背中を預けて座っていた。衣服は汚れ、二人のシャツはタバコの灰で焦《こ》げた穴だらけだ。女の頭がだらしなく仰向いている。男は何があっても驚かない、といった表情でリンダを見つめた。

「ロジャー」と彼女は声をかけた。「よね？」

「だよ」

「隣にいるのは誰？」

「妹さ」

彼は肘《ひじ》で女を突《つつ》き、女はうたた寝から覚めた子供のような顔であたりを見た。

「あんたの名前は?」リンダが訊いた。

「ショーナ」と彼女は答えた。「普段はシャーナだけど」

「わかったわ」とリンダ。「みんな道路から転げ落ちたみたいね。運転していたのは?」

「俺さ」ロジャーが言う。「でも俺が悪いんじゃないよ」

「何があったの? あんたたちの目の前をシカがよぎったとか?」

「違うよ」彼が言う。「今度は奴が運転するはずだったんだ」

「奴って?」とリンダ。

「ジャッキーさ」

「後ろで眠っている子ね?」

「だよ」とロジャーが答える。

「誰なの、彼は?」

「ジャッキー・レイ」とシャーナが言った。「あたしのボーイフレンドよ」

「なるほど」とリンダ。「わかったわ。あんたのボーイフレンドが運転する順番だったのに、ロジャーがしくじった。そういうことね?」

二人はそろってうなずき、笑みを浮かべた。彼らはマリファナだけにしては元気が良すぎる。アヘン剤も混ぜていたのだろう。

「みんな麻薬類は所持してる？　銃は？」

「ええ」とシャーナが言い、

「いや」とロジャーが言い直す。

「あら」とリンダ。「どっちなの？」

「薬はイエスだけど、銃はノーだ」

シャーナが熱心にうなずいた。あたかも、正しい返事をしたのだから褒美《ほうび》が欲しいと言わんばかりに。

「あたしにちょうだいな」リンダが続けた。

ゆっくりと、ぎくしゃくした動きで二人はジーンズのポケットを探り、不透明なプラスティック容器を取り出した。リンダは調べてみた。両方ともフロリダ州タンパの薬品会社で作られたもので、ともに同じ医師の処方だった。六十ミリグラムのオキシコンチンで、一瓶につき十五錠が入っている。両瓶とも五錠ずつなくなっていた。

「車の中にはもっとあるのよね？」

「そのとおり」とロジャー。

「オーケー。あんたたちを勾留《こうりゅう》するわ。もし逃げようとしたら、逮捕しなくちゃならない。そっちのほうがいい？」

二人はそろって、無言のまま首を振った。

「けっこうよ」とリンダ。「ここにいて」

リンダは彼らの車へと向かった。二人ともとても走れるような状態ではないだろう。前部席の床には、タバコの吸殻で一杯のコーヒーの缶があった。グローブボックスにはキャンディバーが四本と、オキシコンチンの二十四本のガラス瓶が入っていた。四軒別々の店で処方されたものだ。彼女は後ろのドアを開けた。床には食べかけのチーズバーガーと、オキシの空っぽの容器が残っている。不安を覚え、彼女はジャッキーを突《つつ》いてみた。続いて頸動脈《けいどうみゃく》に手を触れてみたが、脈が取れない。腕を引っ張ってみたが、死後硬直のために動こうとしない。要するに、彼は死後二、三時間は経《た》っているということだった。

リンダは自分の車へ行き、救急車を頼んでから、州警察を呼び出した。それから、死体となった男を乗せて何時間くらい走ったのだろうと考えながら、ロジャーとシャーナのところへ戻った。

「ロジャー」と彼女は言った。「聞きたいことがあるの。あんたたち、みんなでフロリダへ行ってての帰りなの？　オキシを買いに行ったんでしょ？」

「ああ」

「マリファナをやってるだけだと思ったんだけど」

「かつてはね」とロジャー。「だけど今はみんなオキシさ」

リンダは彼に手錠をし、引っ張って立たせると車まで連れて行き、シャーナのところへ戻った。

「ちょっと聞かせて欲しいの」リンダは言った。「兄さんが溝に突っ込んだ時には、ジャッキーの運転交代時間だったのよね？」

シャーナは元気よくうなずいた。

「でもどうして溝に落っこちたのかしら？」

「ジャッキーが起きなかったからよ」

「で、あんたたちはどうしたの？」

「ロジャーは道端に車を寄せて、スピードを落としたんだけど、ジャッキーは起きて来ない。それでロジャーはシート越しに手を伸ばして揺さぶったのよ。その時よ、車が溝に落っこちたのは」

「それから？」

「覚えてないわ。あんたがここに現れたんでしょ」

「オーケー」とリンダ。「あたしはこれからあんたに手錠を掛け、あたしの車の後部席にロジャーと座ってもらう。両手を出してちょうだい」

シャーナはすんなりとそれに応じ、リンダは彼女を立たせた。体重は四十キロほどもないだろう。リンダはＳＵＶの後ろのドアを開け、シャーナを座席に押し込んだ。

「ジャッキーはどうするの？」シャーナが言う。「彼も来るんでしょ？」

リンダは返事をしないまま車のドアを閉めた。そして、州警察が到着する前に取りこぼしがないよう、グランプリの中を再点検した。汚れたハイウェイの道路地図、空っぽのタバコの箱が三箱、ライター、パケット入りのケチャップ、しなびたフレンチフライが四切れ、そして死体だ。

逮捕した連中と一緒に待つのが嫌で、彼女は二人が寄りかかっていた倒木の上に座った。ここ長い間、感じたことのない寂しさを感じていた。シャーナは留置所で素面《しらふ》に戻ったときに、ボーイフレンドが死んだことを知らされるだろう。法指定のリハビリ教育を受けながら、彼女は恋人の死と向き合わねばならないのだ。

リンダは木立ちが正面に見えるよう身体《からだ》を動かした。一時《いっとき》であれ世の中の小さな部分に背中を向けていられることが嬉《うれ》しかった。嘴が樹を打つパワフルな連打音が森の中に響き渡り、リンダが梢《こずえ》の上のほうへ目をやると、カンムリキツツキが見えた。キツツキは何回か弧を描いて、トネリコの大枝に舞い降りた。下方にはシダが茂っており、側溝にはクイーン・アンズ・レースがひと筋、風にそよいでいた。少女の頃、彼女はコップの中に食品着色料を水で溶かし、クイーン・アンズ・レースの花を赤や青に染めたものだった。茎が水分を吸い取り、レース状の白い頭状花へと色合いは変化するのだ。リンダはふと考えた。子供たちは今でも同じ遊びをしているのだろうか。たとえ、シャーナにその思い出はなくても、と。

# 第十八章

町まで半ばのところで、ミックはスズカケの木の近くで車を止め、グローブボックスから携帯を取り出した。妹からのメールにはこうあった。

**休憩所。ＦＢＩ。完了。**

三十分後、彼はミセス・キシックの家に向かって泥道を上っていた。彼女はブルージーンズを穿いてブラウスの上にエプロンを引っ掛け、ポーチに座ってタバコを吸っていた。片袖《かたそで》が折り返され、彼女はそれを灰皿代わりにしているようだ。ミックは車を停め、それを見た彼女の表情は、まるでレバーを投げつけられたかのように凍りついた。

「地獄に行ったんじゃなかったのかい？」彼女は言った。

「いずれね」ミックは答えた。「あんたの息子のために、メッセージを届けたいと思って来たんだ」

彼女はエプロンのパッチポケットから、コルト22を取り出した。そのモデルは久しく見たことがない。売春婦の銃として知られるもので、銃身は二インチで、撃鉄も小さく、衣服に引っ掛からない。

「息子に伝えて欲しい」とミックは言った。「インターステートの休憩所は受け渡しに使わないように。FBIが見張ってる」

「何を言ってるのかわからないね」

「もうお互いに隠し立てする必要はないだろう。俺はあんたらの役に立ちたいと思ってるんだ」

「どうしてなのさ?」

「昨夜、助けてくれたから」

「だからって、すぐに友だち付き合いは無理だね」

「ああ。けどこれで、我々の間はイーブンになったはずだ」

ミックはゆっくりと三点ターンを繰り返し、車を引き返す方向へ向けると、バックミラー越しにこちらを見守る彼女を確認しながら車をスタートさせた。彼女は立ち上がって銃を仕舞うと、ポーチの端からぐいと脚を伸ばした。手すりにもたれかかり、前屈《まえかが》みになるとズボンの灰を振り落とす。そよ風に乗って、淡いグレーの靄《もや》が立った。

　ミックは郡庁舎へと向かった。ロックソルトは一八〇〇年代に、材木、粘土、天然ガスなどの採取産業の運輸拠点として始まり、現在は人口七千五百人の町である。今日は主として二つの雇用主で成り立っている――一つは町の東端にあるロックソルト・ステート・カレッジであり、もう一つは西側にあるセント・クレアー・メディカル・センターだ。両者は時代とともに隆盛したが、町中は逆に沈み込み、今ではやたらと駐車場が増えている。

　本来のメイン・ストリートは、金属のガードレールで突然に断ち切られており、ミックは方向を確かめようと車を止めた。南側に新しい道路が作られている。その道はウィルキンソン・ブルバールと名付けられたが、州知事はポンジー・スキームという詐欺《さぎ》の投資政策に肩入れし、挙げ句に裁判所に呼び出され、百四十回も憲法修正第五条に訴えて我が身を守ったのだった。そして現在、彼は自分の名前を冠した道路を残している。その道路は、町へのバイパスとなって、すでに一世紀を経ている。

　ミックは妹に電話した。

「なに？」と彼女。

「二枚の地勢地図が必要なんだ。一枚は最近のもので、もう一枚は五十年ほど昔のやつがいい」

「地形は変わっちゃいないわよ」

「道路は違う」彼は言った。「で、持ってるかい?」

「オフィスにね」

「だったらそこで会おう」

「あたし今、移動中なの」彼女が言った。「裁判所へ行って、それから留置所ね」

「タナーはもう釈放したんじゃなかったかい?」

「ここに、あたしが助けたい女の子がいるの。シャーナ・クロフォード。彼女のボーイフレンドは麻薬の過量摂取で死んだわ」

「家族は知ってるけど、彼女は知らないな」

「今は喋ってられないの」彼女が言った。「ジョニー・ボーイに電話して、地図を出させておくわ」

「十分で着くからって伝えてくれ」

「他には?」

「うん」と彼は言った。「この新しいバイパスは何のために作ったんだい?」

「知らないわ」と彼女は言った。「以前のロックソルトには、何とかしなくちゃなんて話は何もなかったのよ。今はしなくてもいいのに、やることばっかり増えてるの」

彼女は電話を切った。彼は保安官事務所まで車を運転して行き、駐車場の一番端に、鼻先を外へ向けて停めた。町は左右を壁のように丘で挟まれた、最も広い場所に位置している。ジョニー・ボーイを急がせてくれと妹にメールを送っていると、誰かが窓をコン、コンと叩いた。彼は携帯を滑り落とし、片手をピストルのほうへ近づけた。見たことのない、痩《や》せた若い男だった。安っぽいスポーツコートにネクタイをして、腰にはガンベルトを着けている。金を盗まれたという口実で駐車場に現れる、駆け出しのセールスマンに似ていると思った。ミックは開けた窓の上端から彼を見やった。

「全部下ろしてくれ」と男は言った。

「それが無理なんだ」とミック。「引っ掛かってるんだよ。ハンドル代わりに、レンチを利用してるんだから」

「私は特別捜査官のウィルソン」男が続ける。「ＦＢＩだ」

「会えて光栄ですよ」

「で、あんたは？」

「今のところ」とミックは答えた。「自分の仕事で忙しいってところです」

「あんたは保安官の専用駐車場に車を停めたんだ。それが私の仕事なんでね」

「間違ったら謝りますが」とミックは言った。「FBIというのは、アメリカ合衆国の重罪を調査するはずですがね。ここは州の地所で、トラックに座っているのは重罪じゃありませんよ」

「身分証明書を見せてもらおうか」

「それを要求するにも、理由が必要のはずです」とミック。「ケンタッキーには、〝立ち止まって身元証明〟法はありません。それがあんたの考えなんで？　つまり、俺が重罪犯で、保安官オフィスに出向いて来たと？」

ウィルソンは目をパチクリさせた。顔面がやがてどす黒くなった。ミックは彼の欲求不満を感じ取り、どうなるだろうかと考えた。このエージェントは、ミックを車から引きずり出し、後ろ手に縛り上げて留置所にぶち込むタイプではなさそうだ。

「ここで仕事があるのかね？」

「ええ、ありますよ」

ウィルソンは、ミックが先を続けるのを待っている。ミックも待った。タナー・カーティスをひっ捕らえた男に同情すべき点は何もない。しかし、こんなつまらないことで時間を潰《つぶ》している暇もないのだ。オフィスのドアが開き、地図の束を手にしたジョニー・ボーイがのんびりとやって来た。

「やあ、ミック」と彼は言った。「ラバに咬まれた所はどうなった？」

「少し痛むけど、化膿《かのう》はしてないよ」

「こちら、うちのＦＢＩマン」ジョニー・ボーイが続けた。「彼もあんたと同じように、陸軍にいたんだ」

「勤務地はどこで？」

「大半がＤＣで」とウィルソン。「あんたは？」

「普通のとこですよ――イラク、アフガニスタン、シリア」

ジョニー・ボーイはにやりとし、窓越しに地図を滑り込ませた。

「リンダが、これをって」

ミックはうなずき、ウィルソンを見やった。

「退役軍人仲間に会うというのは嬉しいもんですね」ミックは言った。

彼は駐車場を出ると、郡庁舎へ向かった。それはしかし、芸術活動のコミュニティセンターに建て替えられており、彼はそこで町の西にある新郡庁舎の住所を教わった。郡庁舎では〝不動産証書〟の閲覧を申し込み、記録保管室へと案内された。記録は一八八〇年に始まり、彼はそこから、ミスター・タッカーが教えてくれた家族の名が関係した不動産の情報を追っていった。

　彼はまず、コーディルという名前から始めた。その地では最も多くある名前で、誕生地を知るために、二十年形式という旧式のコンピューターと取り組まねばならなかった。コーディルを名乗る人間は驚くほど沢山いて、ボイド・コーディルをようやく見つけたのは五時間後だった。その両親を辿って歴史を遡《さかのぼ》り、一九三九年に同家が最初に不動産を購入した事実を突き止めた。古い方の地勢地図と照らし合わせることにより、大体の地形と道路図を確認することができた。そして新しい方の地図によって検討したところ、政府はその道を正式に認可はしなかった。それは三マイルの連絡路として機能しながら、地図やGPSには記載されていないのだ。

　空腹を覚え、ミックは町へ舞い戻った。目指すはファーストフードの店だった。ジンボーはとっくの昔に店を閉めており、ディキシー・グリルもそうだった。パッツ・プールルームもかつては美味《うま》いチーズバーガーを提供していたものだが、今は店仕舞いだ。元映画館だった建物の前に金属製の椅子とテーブルが並べられ、コーヒーカップから湯気の立ち昇る図柄がネオンサインで表されている店があった。彼は中へ入り、スープとサンドウィッチを頼んだ。子供の頃には、ここで土曜日のマチネーがあったのだ。請負業者は、この傾斜した床と窓のない巨大な空間を上手《うま》く再利用したものである。他に二種の店舗がスペースを共有していた——手芸店と本屋で、どちらもこの地域にはなかったものだ。ミックは自家製のブラックベリージャムを一瓶追加注文した。

　彼は郡庁舎へ戻り、今度はブラナムという名前で同じ手続きを繰り返した。これはしかし、名前が珍しいために簡単な作業で終わった。ミスター・タッカーの地所のほど近くには、ギブソン名義の土地が見つかった。明日、まずはここへ行ってみよう。座ったまま資料を読み漁《あさ》り、手書きの不動産書類や出生証書を苦心惨憺《さんたん》読みふけるうちに、全身の筋肉が痛みだしていた。

　ミックは森の中で酔っ払いたいという思いを辛うじて振り払い、町の〝自宅〟に向かった。二週間に三度目である。車回しは細かいセメントスラブ敷きで、両側にレンギョウの低木が生え、黒いビニールの縦樋《たてどい》の折れ曲がった部分は少なくとも二度は車で轢《ひ》かれていた。見慣れた道路には同じ近所の人々が住み、同じ場所に車が停まっている。彼の自宅もまた同じだった、少なくとも、外側から見た限りでは。

# 第十九章

多くの女性は、色彩が鮮やかに、匂いも強烈になるという喜ばしい状況で妊娠を迎える。しかしペギーの口は奇妙な味がし、また良く眠れず、一日中疲れが取れなかった。彼女は夫を傷つけたことに罪悪感を覚えていた。二、三日前の夜、彼のトラックが道の向かい、ヤナギの木の下に停まっており、彼女は必死になって片付けをし、身繕いをした。彼女はお茶の用意をし、数分間、自分はどこに座ればいいだろうと考えた。カウチに座ったら、彼も一緒に座ってくれるだろうか？　あるいは、ミックは彼女が意図的にその場所を選んだと思うだろうか？　彼は状況を読み取るのが上手なのだ。そうするよりも、携帯を片手に、テレビの向かいにあるいつもの椅子に座るのがいいようだ。

二時間後にミックが走り去ったあと、ペギーはまず失望し、怒りが湧《わ》き起こり、それもすぐに自分へと向けられた。彼女は寛大さを示そうともしない彼に憤慨したものの、それもやがては自分に向けられるのだった。彼女はミックを愛していた。彼の苦渋の原因はすべて、自分にあるのだ。

　この日早くに、ペギーは庭でキュウリを漁るヘリカメムシと戦っていた。〝歩くワケギ〟はますます陣地を広げ、マメの若枝はニワトリのワイヤフェンスまで伸びて、何本かはヒマワリの茎に絡《から》み付いている。培養土の山の上では、アカダイショウがのんびりと寝そべっている。このヘビは普段は大人しいのだが、ネズミ類には猛然と襲い掛かる。この性格はミックに似ている、と彼女は思った。ミックならペットにしたかもしれない。

　彼らは高校時代に知り合い、若くして結婚した。軍人夫婦の間では、不貞のパーセンテージが高いと報告されているが、それが軍主催のパーティや教室で話題にされることはない。女たちが手狭な基地内の宿舎で内々に話し合うだけである。ペギーはそういう話を聞くたびに、誰が誰を裏切ったということには関係なく、彼らを気の毒に思い、自分には無縁の話だと思い込んでいた。彼女は今や、他の女性に対するかつての自分の厳しい発言に身の竦《すく》む思いだった。彼女は自分が軽蔑《けいべつ》した人間になってしまったのだ――不貞で、裏切り者の、ユダに。

　止《や》めなさい、とペギーは自分に命じた、もっと有益なことに神経を集中しなければ。

しかし自分の心や、身体の変化から逃れる術《すべ》はなかった。彼女は悲しみを紛らわすために酒を飲むことはできなかったし、ましてやミックに訴えることもできなかった。彼女の最高の思い出は、いつも彼と一緒のものだった。彼らは一度休暇を取り、塩気の強い地中海の海風に身体を焼かれながら、イタリアのアマルフィ沿岸地方を旅したことがある。午後にはワインを飲み、魚とパスタの遅い夕食を取った。ホテルの裏側には、急峻《きゅうしゅん》な山々がそそり立っている。彼らは曲がりくねった危険な道路を三マイル、ラベッロまでバスで行った。交通はいずれも〝演出〟されたかのようだった——車は擦れ違うのも大変で、オートバイはそのちょっとした隙間《すきま》を縫って進み、歩行者は意を決してどこでも良いから渡るしかない。イタリア人の運転手は世界で一番の腕の持ち主か、あるいはその真逆だろう。それをミックに話したところ、世界中どこにでもそんな場所はあるだろうけれど、イタリアはびっくり仰天その通りだと言った。この〝びっくり仰天その通り〟というフレーズは、二人の密《ひそ》かな語彙《ごい》の一部になったのだった。

今やペギーは恐れていた。自分自身が、彼女の結婚が、そして赤ん坊が怖かった。彼女は殺伐とした将来が怖かった——職はなく、男性の図柄が伴わない妊娠をして、いかにも昼間のテレビショーのような陳腐さだ。スーパーのＩＧＡの冷凍シャケとスイートポテト、それにヨーグルトで夕食を用意した。プロテインは健康に欠かせないし、ダイエットにも最低限配慮した。他に何はなくとも、子供の健康だけは維持しなければならない。

彼女は車道に古いトラックのエンジン音を聞き、玄関へ向かいながらポーチをこするブーツの足音を耳にした。ペギーはドアを開けた。涼しげな目と頑丈な顎《あご》を持った男が、寄る辺ない表情で立っていた。彼女は真《ま》っ直《す》ぐに部屋へと後ずさりし、男は手描きのラベルを貼《は》ったジャムのパイント瓶を差し出した。

「お土産だよ」と彼は言った。「ロンゾの家族農場の品なんだけど、どのロンゾ一家がベリー農場をやっているのかわからなくってね」

「オーディの一家よ」彼女は言った。「ああ、これだわ。ありがとう」

彼女は瓶を台所へ持って行き、流しの前でしばらく時間稼ぎをした。とても元気とは言い難かったが、いずれのためにも頑張るしかない。ペギーが居間へ戻ると、ミックは部屋の真ん中に立ち、自分の家であることを確認するようにゆっくりと振り返ったところだった。カウチ、彼らのための二脚の安楽椅子《いす》、今はコーヒーテーブルに転用された職人用のベンチ、ヨーロッパへ旅行した時の、壁に貼られた写真の数々。彼は椅子に座り、彼女はカウチに腰を下ろした。

「来てくれて嬉しいわ」と彼女は言った。

「結婚生活が嫌になったのかい？」

「いいえ」

「僕から離れるためにやったことかな？」

「違うわ、まったく」

彼はうなずき、彼女は待った。ミックの直截《ちょくせつ》さは、彼の特質でもあれば弱点でもあった。外交的手腕とは縁の無い生き方、それこそは遺伝的な特質だったのだ。彼は昔から、自分の尋問スキルを彼女に使うことはないと宣言していた。その約束が守られることを希望しながらも、彼女は約束を破ったのは自分であったことを意識しないではいられなかった。

「具合はどう？」

「凄《すご》く疲れてるわ。あなたは？」

「そんなにはね」彼は言った。「リンダにあれこれ指示されてるよ」

しばらく沈黙した後、二人はお互いの名前を同時に言い合い、ふたたび沈黙が訪れた。彼女はクッションを腕の下に置いた。

「どうぞ」と彼女は言った。「あなたが先に」

「僕は全《すべ》てを知りたいんだ」

「仕事先の男よ。何ヶ月間もわたしに意味ありげな視線を向けてきて、わたしはずっと無視してきた。彼はいかにも軽薄そうな男で、言わば、中学時代のお調子者という感じ。無害な感じとも言えるわね。退屈しのぎにちょうど良いと言うような。わたしは注目されるのが好きだった。そうすると、若く感じていられるのよ」

彼はうなずいた。そして彼女が喋《しゃべ》りやすく感じるように、ペギーの背後の壁に視線を移した。

「いいのよ」と彼女が言った。「遠慮せずに、わたしを見ていて欲しいの」

「わかった」と彼は言い、真正面からリンダを見つめた。「そしてどうなったんだい？」

「ある日、在庫調べで店が休みになり、わたしと彼は店のペンキ缶を一つずつチェックしてたの。そのうちにお喋りが始まった。ふざけているんじゃなくて、ただのお喋りよ。彼はバンドをやっているんだけど、うまくいかないとか。結婚してるけど、後悔してるとか。奥さんは体重がぐんと増えて、自分でもみっともないと思っている。この一年、セックスもしていない。で、彼はわたしにキスをしようとした。わたしはノーと言い、彼を押しやった、ミック、わたしは本当にそうしたのよ。数日後、彼はまたキスをしようとした。わたしは彼が気の毒になっていた。そうして、始まったの」

「回数は？」

「三回よ」

「なぜ止めたんだい？」

「正しいことではなかったからよ。わかってはいたんだけど、でも止められなかった。ごめんなさい、ミック。してはいけないことだったわ。何が起こったのか、わたしには良くわからない。どれもが現実とは思えないのよ。あなたはずっと離れていて、わたしは自分の人生が気に入らなかった。彼には関係ない。わたしは自分が他の人間になりたかったんだわ。別の人生での別のわたし。本当に馬鹿《ばか》みたい」

　彼女はミックを見守った。彼は緊張をほぐすかのように肩をぐるりと回した。それから首がポキンと鳴るまで頭を傾けた。彼は自分を抑制することに最善を尽くしており、彼女はそのことに感謝した。

「彼の住まいは？」

「オウィングスビルよ」

「ここに来たことは？」

「ないわ。それはあり得ない。皆が帰った後の、仕事場でのこと」

「材木置き場でか？　あるいは、合板の書架の上でかい？」

「店では、パティオ用の家具も売っているのよ」

「ああ、ペギー」

ミックのそれまでの歯切れの良い口調が途絶え、調子が微妙に変化した。それはペギーに一縷《いちる》の望みを与える小さな変化だった。彼女はいきなり空腹を感じた。イタリアでは、昼食を食べた後に、小さなコーヒーカップを片手にビジネスの話をするのだ。食事は、彼らの間に存在した憤《いきどお》りを和らげてくれるのだろうか。彼女は自分たちにも同じことが起こればいいのにと願った。

「お腹《なか》は空《す》かない？」彼女は訊いた。

「いいや。きみは妊娠したと彼に伝えたのかい？」

「ええ。彼はその日に職を辞めたわ。それから彼とは会っていない」

「実父確定検査は済んだのかな？」

彼女が恐れていたのが、その質問だった。返事が遅れれば遅れるほど、彼は正解の見当をつけ、身構えてしまう。遅れるのは残酷だ。

「あなたの子供じゃないわ」と彼女は答えた。

ミックは身動《みじろ》ぎしなかった。何分経ったのか、二分なのか二十分なのか、あるいは一時間が経ったのかわからなかった。目が痛み出し、瞬《まばた》きをしなければと思い出した。自分の手を見つめた。それは膝《ひざ》の上に置かれ、誰か他の人の手のように、あるいは将来の使用に備えてそこで待機しているかのように思えた。二度、彼は喋ろうとしたが、喉《のど》が詰まって声が出てこなかった。

「ごめんなさい」彼女は言った。

「きみを信頼していたんだ」

「今だってできるわ」

「どうやって？」

彼女は答えなかった。ミックは、彼女が自分にとっての打撃の大きさを考えていなかったのだと知った。彼はペギーをよく知っていた。ペギーがもっぱら気にかけるのは自分自身の罪や悲しみであり、彼がどう受け取るかはほとんど無関心なのだった。だからこそ今回の件もここまで長引いたのだろう。

「きみは何をするつもりだい？」

「わからないわ」

「誰か他人の子を育てるというのも楽じゃあるまい。男のことをほとんど何も知らないんだからね。亭主が留守中に、女房とやりまくる人間と言うことだ」

「遺伝学的じゃないわ」

「そうかい？　彼について何を知ってるんだい？　彼の家族かい？　何にもない。きみの中にいる赤ん坊の半分について、何も知っちゃあいないんだからな。既婚のミュージシャンと寝たというだけだ」

込み上げる怒りによって、彼女の顔がこわばるのを見て取った。彼女に気づいてもらいたいのは、復讐心《ふくしゅうしん》ではなく、もっと他のことだった。追い込まれた自分の立場を十分に理解してもらいたかった。彼らは十二年間の結婚生活を手探りで歩んできた。その時々の判断は、入手可能な情報を元に、ベストと思われるものを選んできた。それが今、彼女はすべてをぶち壊したのだ。戦場の静けさが懐《なつ》かしかった。彼の知覚は先鋭化された。

「何が望みなの？」彼女は尋ねた。

「僕のことを考えるのは、ちょっとばかり遅すぎたようだ」

「いいえ、そんなことはないわ」

「八ヶ月前には考えてなかったじゃないか」

「いいえ、考えたわ」

「僕が言ったことに、いちいち反論するのは止めてくれないか」

「そんなことしてないわ」

「僕のあら探しをしてももう遅すぎるんだよ、ペギー。僕たちはもう、どこにカウチを置こうとか、網戸にはどんなメッシュがいいとか話してるわけじゃないんだから」

彼が怒ったことで、ペギーの表情には満足感が窺《うかが》われた。彼女は自分自身に堪えきれないほどの怒りを覚えており、それ故《ゆえ》、彼にも怒ってもらいたがっているのだ。しかし彼が感じているのは怒りではなかった。彼は失意と失望に苛《さいな》まれていた。

「きみはどうするつもりだい？」

「あたしに選ばせたいの、ミック？ そういうことなの？ 赤ん坊をどこかへ打っちゃって、俺を選べってこと？ あなたか赤ん坊かってことなのね？ それがあなたの望みなの？」

彼女の一方的なイエスかノーかの猛攻撃も、ミックには通じなかった。それは〝制御の技術〟とも呼ばれるもので、返答に二つの可能性が有るものを用意して、続けざまに質問するのである。法律家やジャーナリストたちは日々これを利用している。それは未熟な尋問者も同様で、彼女はある意味、自問自答しているようなものだった。

「あたしはどうしたらいいの？」彼女が訊《き》いた。

「きみの身体だよ。きみの人生だ」

「あなたの人生でもあるのよ」

「それは違う」と彼は答えた。「もう今は違う」

「それはどういう意味？　あたしを捨てるって言うの？」

「僕が意味するところはだね」彼はゆっくりと言った。「この間ずっと、きみが何を考えていたのかわからないってことなんだ。つまり、きみの計画という奴《やつ》がね」

「わたしの家族は、あなたの子供だって思ってるわ。ママはいつも二日置きくらいにやって来る。今はあなたが戻っているから来ないだけ。ママに本当のことは話せなかった。あなただけよ、知っているのは」

　ミックは、顕微鏡を覗くように彼女を見つめた。ペギーは体を逸《そ》らし、胸の上で両腕を組み、脚を真っ直ぐに伸ばして組み合わせていた。

「最初は」と彼女は説明した。「わたし子供を産んで、あなたが戻る前に里子に出すつもりだった。人には死産だったと言って。でもそうこうするうちに、あなたが早く帰って来るんじゃないかとひどく気になりだした。本当のことを話してしまうんじゃないかと、電話もできなかった。あなたが独りで、最悪のニュースを聞いて戻って来るところなんて、想像もできなかったのよ。そんな時に、リンダが電話した……」

　彼女は身体の位置を変えた。彼に向かい合う姿勢を取り、クッションの上の腕をまっすぐに伸ばした。彼はそれを、自分に正直に打ち明けた安堵《あんど》感のせいだろうと考えた。ミックは彼女を信じた。一つうなずく。

「そして今だが」と言った。「今のきみはどう思っているんだい？」

「レキシントンへ行って、赤ん坊は諦《あきら》めるわ。フラン叔母さんの所にしばらく泊めてもらうつもり。彼女は誰にも何も言わないわ」

ミックはうなずき、立ち上がった。

「帰るよ」と彼は言った。

彼は出て行き、彼女は古い六気筒エンジンが二度目で点火し、轟音《ごうおん》とともに走り去るのを耳にした。住宅は突然にふたたび、これまでよりも幾分大きな――彼女のものとなった。ミックの精神的存在感は、屋内では当然に感じられるが、森や砂漠や海辺では無に近くなる。そういった場所では、彼は消え去ったかのように、人々や動物に気づかれずに行動できるのだ。彼女にはどうしても理解できないことだった。

ペギーはここ数ヶ月間になかったほど気分が良かった。ミックの反応を恐れつづけ、それが今終わったのだ。想像していたより、彼はずっと冷静だった。彼女はミックの天性を見失っていたのではないか。彼は自分の実務的な冷静さを、大なり小なりすべての問題に活用してきたではないか。そして今回の最悪の事態、それが今過去のものとなったのだ。ペギーは深い安堵感に包まれた。自分を苦しめていた心の重荷、それは去って初めてその存在を思い知るものだった。

ミックに秘密を持つという行為は、彼よりも自分自身にダメージを与えた。彼女自身の中に、二人の話し合いが必要なところに、距離を置いてしまったのだ。解決してくれるのはミックだと、ペギーはいつも彼を頼りにしてきた。これまで、話し合いはいつだって不安を軽減し、彼女に自信を取り戻させたのである。

ペギーはカウチの端にあるテーブルへと急ぎ、フラン叔母に電話した。電話のベルが鳴っているあいだに、彼女は頭の中で、家事のリストを作っていた。ぐずぐずしてはいられないのだ。家の中を彼の目で見るということは、すべてを展示物のように並べて見るということだった——層を成した埃《ほこり》、絨毯《じゅうたん》の上に散らばったポテトチップスの屑《くず》、何日も前から放置されている空っぽの容器。彼女は家じゅうの窓を開け放ち、空気を入れ替えた。

# 第二十章

ミックは貝殻になったかのようだった。自分は身体の外に出てしまい、他の何物かが自分の人生を操っているかのようなのだ。彼がトラックを運転しているのではなく、他の誰かが、もう一人のミックが操作しているようだった。彼は怒りを持て余し、疲労困憊《こんぱい》し、自暴自棄に陥っていた。彼が恐れていたこと、自ら考えまいとしていたことは真実だった。赤ん坊は、彼の子ではなかったのだ。

彼の心の一片は、自分は戻ってこなければよかったのにと言い、もう一片は、自分はもともとケンタッキーを離れるべきではなかったと言った。彼は今や、わが家《ホーム》はどこにあり、わが家とは何を意味するかが分からなかった。それは、彼が女房と一緒に購入した家ではなく、森の中のキャビンでも、海外を転々とした基地住宅でもなかった。彼は二組の衣服とソックス、それに下着を詰めたダッフルバッグ一つだけの生活をしてきたのだ。先回、ロックソルトへ戻って来た時は、タオル掛けにナイロンのドップキット・ポーチを掛けっ放しにしていたものだ。もしも彼が荷解《にほど》きを面倒がらずにしていたなら、ドイツに戻る彼を見るペギーの目付きも、あれほど心配げではなかったことだろう。

町の東の端に差し掛かったところで、彼はとある建築現場で車を停めた。労働者たちは一日の仕事を終えて姿を消し、建築用資材がパレットに載っている。その横では、貨車ほどの大きさのダンプスターの、錆《さび》だらけの床に開いた穴からポタポタと水が漏れている。彼はトラックを降り、二度その周りを歩いた。彼の心の一部が抜錨《ばつびょう》され、ふわふわと抜け出したかのようだった。

彼は尾板《テールゲート》を下ろして、叩《たた》き閉めた。三度同じことを繰り返す。無意味な行動であることに変わりはなく、少しばかりの満足感しかもたらさなかった。ベンチシートの下に、すっかり錆びついた重いスパナを見つけた。彼はふたたび尾板を下ろし、荷台に置かれたフォード・エンジンに殴りかかった。何度も何度も殴りつけ、しまいには腕が痛み、肩が悲鳴を上げ始めた。スパナの首が外れ、敷地内の泥の上を転がっていく。彼はトラックの後部によじ登り、エンジンの後ろに蹲《うずくま》るや懸命に押し始めた。彼の両足は震え、両腕と背中は激しく痛んだ。やがてエンジンは、金属板の上を何条もの引っかき傷を残しながら凄《すさ》まじい音をたてて滑り、彼は最後の力を振り絞ってトラックから引き剝《は》がした。勢い余って一緒に滑り落ち、エンジンの上に着物か何かのようにぐったりと横たわった。彼は泣きたかったが、どう泣けばいいのかわからない。それは彼の中に潜む、手の届かない所にあるスイッチのようなものだった。

ミックは息を整えながら、エンジン・ブロックの上に数分横たわっていた。誰も周りにいないことに感謝しながら、ようやく立ち上がった。着ている物はエンジンオイルに塗《まみ》れ、スパナを握っていた指は折れそうに痛む。彼は旧道60号線を東へ走り、より細い道へと折れ込みはじめた。それは曲がる度に細くなり、やがて郡管理の砂利道から泥道へと移った。彼はそこでもう一度地図を調べた。かつてのギブソン家はこの先にあるはずだ。ミックは溢《あふ》れ出した小川の水で道が消えてしまったところまで来ると、車を停め、拳銃《けんじゅう》を点検し、水筒とコンパス、ナイフ、ロープ、救急医療品の入ったナップザックを取り出した。

歩くにつれて、窪地《くぼち》は狭くなり、彼はヒッコリーやカエデの大枝が天蓋《てんがい》を成すところを進むことになった。リスが現われ、人間など見たこともないといった顔つきで眺めてくる。ミックは、ハローと手を振った。道らしきものも鬱蒼《うっそう》とした木々に埋もれて姿を消し、頭上に茂ったブラックベリーの一画を迂回《うかい》して、ようやく、窪地の先端にある広い空き地に出た。住宅を建てるには格好の場所で、土地は岩壁から流れ落ちる自然の湧き水によって季節の変化には無関係でいられる。彼は何かが動く気配に気づき、身を堅くした。それはふたたび動いた。淡いブルーの何かで、動物でないことは疑いない。彼は森の中へ横歩きし、立ち止まると、拳銃を抜き出し、今度は森のすぐ内側を円を描いて歩き出した。

家屋は何年も前に焼け落ち、雑草が矩形《くけい》に生い茂る中に唯一《ゆいいつ》残った石造りの煙突が突っ立っている。ステッキの先で地面を突ついていた作業着姿の男が立ち上がり、生い茂った木陰越しに、ミックのほうをじっと眺めた。絶対に気づかれない、という思いだったミックには意外なことだった。陽光の中に姿を現わした男は、用務員だった。彼は銃を仕舞い込むと、古い排水溝に咲き誇るヒメムカシヨモギを踏み分けながら近づいて行った。

「こんちは、ミスター・タッカー」

タッカーは軽くうなずき、影の中へ引っ込んだ。彼はオーク材のステッキを持ち、黄麻《おうま》袋を手にしている。ミックは彼に近づきながら、周囲の様子に仔細《しさい》に目を配った。辺りには火を熾《おこ》して料理した跡も、寝たような痕跡《こんせき》も無い。折れ曲がった草と引き抜かれた雑草が東側の境界線を示していた。

「こっちの方角からいらしたんで？」ミックは尋ねた。

「ああ。あんたが心配してるヘビグサを踏んでな」

「車を見ませんでしたが」

「尾根伝いに半マイルほど歩かなきゃわからんよ」

「殺人者を探してるんですか、ミスター・タッカー?」

「いいや。ここには目をつけているアメリカニンジンが九株あるんでな。けど、もう一年、待たなくちゃならんようだがね」

「あそこのオークの木が生えてるずっと向こうでは?」

「さあ、どうだかね」

　周囲の丘は登ろうとすれば鼻を擦りむかんばかりの急峻で、マツやオオバユクの木々が花《か》崗岩《こうがん》の岩壁にへばりつくように生えている。唯一聞こえるのが遠くのセミの声で、たまさかに人間の存在に驚いたのか、イラついたようなアオカケスの鳴き声も聞こえる。近くのオークの木で、リスがさえずった。ミックはそれを指差して、

「思い出したんですが」と言った。「さっきのリスときたら、人間なんか見たことないって顔をするんですよ」

「あり得るな。奴らは普通十年から十二年生きるんだ。わしは二十年生きたリスを知っとるがね」

ミックはさらに何か言おうとしたが、思い止まった。野生動物の寿命について話し合ったり、タッカーがリスについて詳しい話を知っているからと言って、いったいどんな意味があるのだろう。リスを知るにはどうしたらいいか？　人間一人さえ、自分の妻ですら、ほとんど知り得ないというのに。

「どんな人たちでした？」ミックは尋ねた。「ギブソン家と言うのは？」

「ジェリーとゲイル・ギブソンだ。わしが子供んときはもう年寄りだったな。子供が十四人もいたっけ」彼は地面を指し示した。「ここんとこに寝室が二つあった。一つが男の子用で、もう一つが女の子用だった。夫婦は奥の間で寝とったよ」

「で、何があったんです？」

「発疹《ほっしん》チフスで子供の半分が亡《な》くなった。残った連中はみんな出て行った。一人が出ると、次々にな。帰って来たのは一人もおらんよ」

「美しい場所にしては、残酷な話ですね」

「この丘陵地じゃ、そうでもないさ」

「たしかに」とミックは答えた。「帰るのに車は必要ですか？」

「ありがたいけど、いらないよ」タッカーは答えた。「足のほうがずっと早い」

別れの挨拶《あいさつ》としてタッカーは軽く顎を上げただけで、森の中へと姿を消した。まるでそれは、木々が仲間として彼を迎え入れたかのようだった。ミックはトラックへと歩きながら考えていた――十六人の家族が四部屋に住み、両親は子供たちが死んでゆくのを為《な》す術もなく見守っているのだ。

彼は窪地を抜け出し、裏道を乗り継いで郡を横切った。地図と相談した後、彼はリック・フォーク・クリークを進んで泥道に出ると、下の小川に崩れ落ちてしまった歩道橋の支柱の横で車を停めた。最近、車の通った形跡はない。彼はトラックを降りて、転がり落ちるのを若木に摑《つか》まって防ぎながら、斜面を下り始めた。少年時代に、彼は急斜面を下る効果的な方法を編み出していた。身体《からだ》をわずかに屈め、下生えの上で方向を決める片足をぐいと前に伸ばす。彼の体重は後ろ足の上にあり、その足はブレーキ役を果たすべく横に曲げられている。その場合、斜面の選択が決定的となる――傾斜がきつ過ぎれば、前に転がり落ちてしまうし、弱過ぎれば、重力が彼を引っ張ってはくれないのだ。彼はテレビでサーフィンを見ていて、コツを学んだ。子供時代には、このコツを我が物にしようとトレーニングに励んだものだった。

彼はリック・フォークを歩いて渡り、崖《がけ》をよじ登ってブラナム家の地所に入った。家族は名高い三人の姉妹――グロリア、ロレッタ、キャンディ――から成っていた。豊満な肉体で独り身ということから、彼女たちは三つの郡の男たちから求愛された。

あの危険な歩道橋も、真剣な求婚者を選りすぐるための〝道具〟だったと言う。あの橋を渡ろうと決心するだけで、男の心根は信用できる。そして一旦《いったん》渡り切ってしまい、姉妹たちと合流した彼らには夢現《ゆめうつつ》の時間が待っており、酒を持ち込むのも歓迎された。ブラナム家の姉妹たちは、ミックが噂《うわさ》を耳にした頃にはすでに姿がなかった。キャンディはエリオット郡からやって来た、彼女の耳先が尖《とが》っていることも気にしない男と駆け落ちし、ロレッタは脳卒中で倒れ、グロリアがともに死ぬまで彼女の世話をしたのだった。

　小川土手の頂上で、ミックは家の周りを歩いてみた。その家はびっくりするほど大きく、思うに、建築者は宅地内の木々を切り倒し、その場で製材として利用したのだろう。風と天候で屋根のタール紙がボロボロに裂けている。モルタル作りの煙突の上に誰かが洗い桶《おけ》を置いたが、底がいつの間にか抜け落ちてしまい、金属の環が巨大な結婚指輪のように鎮座している。光と影の境い目で、一匹のアメリカマムシが大儀そうに日光浴をしていた。ミックがヘビに気づきうなずいてやると、そいつは人間の匂《にお》いを察したかのように舌をチラチラさせた。

　彼は家の周囲を巡って、壊れた窓から中を覗き込みながら調査を続けた。家が廃屋であると確認すると、裏口から中へ入った。ジガバチがせっせと築いた長い泥のトンネルが何本も壁にへばり付いている。部屋の中はそれぞれに二、三の家具が壊れて散らばり、リスの巣が四つにヘビの抜け殻が何枚か、それにネズミやノネズミの骨が散らばっている。少しでも価値のあるものは全て消えていた。ドアも無ければ電線の類《たぐい》も、家具や食器もない。窓の取っ手は無くなり、埃が全てのものに分厚く積もっている。ここ何年も訪れた者はなく、当然、逃走中の殺人犯が立ち寄った形跡も無かった。

　ミックはトラックに引き返し、町へ向かった。次の捜査場所は近いものの、地理が定かでない。ロックソルト、トリプレット・クリーク、クラック・マウンテンを迂回して、長い道のりを走らなければならず、途中、ガソリンスタンドに立ち寄ることにした。満タンにしているあいだに、グローブボックスから携帯を引っ張り出してみた。妹から二度電話があり、連絡をくれとのメッセージが入っている。彼はすぐに架け直してみたが、留守電に繋《つな》がるだけだった。

　ロックソルトへの道を戻りながら、彼はさらに二度電話した。その二度とも、地形的な問題により電話は繋がらない。町近くの道路《どうろ》脇《わき》の平らな草むらに、車が一台停まっていた。男が一人で空を見上げ、片手を耳に当てながら、小さな円を描いて歩き回っている。ミックは車を寄せ、妹にふたたび電話した。呼び出し音は二度鳴っただけで、圏外になる。彼はリダイアルボタンを押したまま、野原を歩きだした。男は電話を止《や》め、ミックに歩み寄った。

「あんたね、その大きなクルミの木の方を向いて立ち」と男は言った。「ちょっと右を向いて、二、三歩進んでご覧よ。電話は通じると思うよ」

「ああ、どうも」

「まったく、ひどいもんだね。最初は奴らに上手く乗せられた。ところがいきなり料金を値上げして、機種をどんどん変え、俺たちゃ新しいのを買うしかなくなった。ところがまだ届かない場所があるってんだよ」

「革紐《かわひも》に繋がれたようなもんですよね」

「昔はよく、パーティ・ラインてのがあったんだ」と男は続けた。「窪地の住人はみんな、同じ電話線を使っていたからね。でも誰にしたって人には何も言わなかった、だって皆が聞いているんだからさ」

　ミックは男の忠告に従い、リンダに電話することが出来た。しかし接続が悪く、リンダの声も雑音混じりで聞き取りにくい。しかし彼は道路の名前と、妹の声から切迫した様子を聞き取っていた。

# 第二十一章

　ミックは町へ向けて車を走らせた。セカンド・ストリートを北へ走ってナップ・アベニューへ入り、ここ数年間でどれほど道路が延びたことかと一驚した。丘の崖を背に新しいレンガ造りの住宅が建ち並んでいる。洪水で溢れ出た泥の帯が、アスファルト道をところどころ乾いて蔽《おお》っている。地面に厚い層を成す小枝の山や木株、それに石くれを通り越した。材木を運んでいた平床のトラックが、積み荷を大きく揺らしながら追いかけてくる。ミックは近くの家の庭に曲がり込んで難を逃れた。庭の芝生にすでに数本の轍《わだち》があるのは、同じことをした運転手が他にもいた証拠だろう。

　分岐点まで来て、左側に最初のフラッシュライトが見えた。彼は指示に従い、ずっと離れたところで駐車した。妹の黒いＳＵＶを含め二台のパトカーが中庭に停まり、その隣には救急車が一台停止している。市警の一人が交通整理に当たり、黄色いレンガ造りの小さな住宅への出入りをもう一人が整理していた。ミックはハーディン保安官を呼んでくれと頼んだ。

「忙しいんだ」と市警が答える。

「それじゃあ、ジョニー・ボーイ・トリバーを」

「まだ来てないよ」

　地味ながら最新モデルの車が到着し、葬儀屋のマーキス・スレッジが降り立った。そして家の中へゆっくりと歩を進めるその姿は、姿勢は真っ直ぐだが頭部が心持ちうつむき加減で、郡の検視官を兼任していることを如実《にょじつ》に物語っていた。

「やあ、マーキス」ミックが声を掛けた。

「ミックかい」と彼は、職業上の慎重さの滲《にじ》んだ調子で言った。

「彼をご存じで？」警官はマーキスに訊いた。

「リンダの兄さんだよ。彼は大丈夫だ。非公式の保安官代行だからね」

　ミックはマーキスの後について居間に入った。くたびれた絨毯の横にカウチと椅子が二客置いてある。タナー・カーティスは腹部に三発の銃撃を受け、仰向けに横たわっていた。血液は衣服を染め、さらに床に染《し》み出して、床板の隙間に溜《た》まっている。彼の虚《うつ》ろに開いた目は天井を睨《にら》んでいる。ミックは留置所で尋問した神経質な若者を思い出したが、すぐに生きていた時の彼のイメージを追い払った。目前の彼はすでに、床に横たわる物体へと化しているのだ。

　マーキスは遺体の検分を始め、ミックは部屋の中を歩きながら、目に付いた物の目録を頭の中に作っていった。ブラケットの付いた張出し棚の上に陶器のカモが四羽。本箱には聖書と四冊の高校時代のイヤーブック、九冊のロマンス系の小説、ニワトリの飼育手引書など。壁には家族写真がずらりと並び、赤ん坊のときのタナーから始まって、一年生から十二年生までの学校のアルバム用写真、さらには結婚式や休日の賑《にぎ》わいを示す何枚かのグループ写真もある。親戚《しんせき》連中は彼を除いて、みな似通っている。晴れ着で着飾った従兄弟《いとこ》たちの写真もあったが、ひと固まりになった六人の従兄弟たちの横で、タナーだけが少し離れてぽつねんとしていた。ひょっとしたら、彼自身がそれを望んだのかもしれない。

　ホールから声が聞こえて来た——ミックの妹の緊張した声と、高く震える男の声だ。二人の不明瞭《ふめいりょう》な会話の合間に、高く低くすすり泣く女の声も聞こえる。マーキスは公式にタナー・カーティスが死去したことを告げ、ミックにうなずいてから出て行った。ミックは遺体の傍らにうずくまった。ピストルだと思われる、小さな傷が三箇所にある。カーティスのシャツの上の一発は、銃撃が近間から発せられたものであることを物語る。胸の少し下の二発目の弾痕は、斑《ふ》入《い》りの残留物を示す微《かす》かな円だ。三発目は弾丸の進入口も定かでなく、シャツのその部分に血液が主因の細い筋が描かれているだけである。

裏のドアが音を立てて押し開かれ、ミックの妹がタナー夫妻を伴い外へ出て行った。夫妻は悲しみを抑え込み、相手の苦労を楽にしようと、互いに寄りかかり合う荷馬のようだった。ミックは窓辺に寄り、老夫婦を市警に引き渡すリンダを見守っていた。彼女は正面ドアから戻って来た。

「ここは彼らの家なんだろ？」ミックは訊いた。「タナーの両親の？」

「そうよ。彼らが見つけたの。酷《ひど》いもんだわ、本当に」

「何か彼らから聞き出せたかい？」

「まだよ」と彼女は言った。「我々が彼を釈放してから、タナーはここに泊まってたんですって。二人が食料品店に出かけてた間だったから、彼らが関係してるとは思えないわ」

「俺もだ」ミックは相槌《あいづち》を打った。「彼はたぶん、ドアに出たとたんに撃たれたんだろうな。一発目は至近距離だ。彼は後ずさったか、後ろに転がった。残りの二発は少しばかり離れてる」

彼は壁に穿《うが》たれた小さな穴を指差した。弾痕の真下の床には、シートロックの粉末が零《こぼ》れている。

「もう一発は外れた。あの周りを掘ってみれば、弾は見つかるよ」

「壁板を突き抜けてはいないかしら？」

「あり得るね。でも端に近いだろ？　俺の勘では、枠組みに埋もれてると思う。小型の銃だ。彼の身体を引っくり返しはしなかったが、この血液は出口の背中の傷から流れ出たものだ。弾は身体の中で跳ね回ったりしない。犯人は家に備えてあったか、車に置いてあるやつを利用したんだろう」

「他には？」

「マーキスが来て、帰って行ったよ。彼の遺体検分が済んでから、もっと話が聞けるだろう。この通りの誰かが犯人の車を見たに違いない」

「市警たちに、一軒ずつ回って調べるように言っておいたわ」

「けっこう」

「それから、タナーの家をもう一度捜索するよう、ジョニー・ボーイに頼んであるわ」リンダはひどく情けない表情で遺体に目をやった。「もしあたしが釈放しなければ、まだ生きてたでしょうに」

「彼はまずもって、逮捕されるべきじゃなかったんだ。したがって責任はＦＢＩにある、きみじゃないよ」

若い二人の救急医療技術者が、折りたたみ式の車輪付きストレッチャーを押して家の中に入り、陰鬱《いんうつ》な作業に取りかかった。ミックとリンダは外へ出た。突然の日差しが美しい道路をまやかしのように、状況に対する侮辱のように見せていた。小枝や樹皮を山ほど積んだトラックがまた一台通り過ぎた。警察車両の連なりを見てスピードを落とし、近くのヤードへと消えて行く。

「彼ら、あんなところを材木置き場にしてるのかい？」ミックが訊いた。

「そう。他の住人たちはみんな怒ってるわ。雪崩《なだれ》を起こしたり犬が殺されたり。土地が使えなくなったり、子供が二人、もう少しで轢《ひ》き殺されかかったこともある。でも市長は、伐採搬出には問題はないって。自分の土地で材木を収穫するのは不法じゃないって言うのよ」

「彼らは丘陵地斜面の木材を根こそぎにして、それを〝収穫〟だって言うのかい？」

「材木は収穫に違いないわ」彼女は言った。そして兄の衣服に付いたグリースに気づくと、「どうしてそんなに汚くなれるの？」

「古いエンジン・ブロックを抱きしめていたのさ」

リンダの携帯が彼女のポケットで音を立てた。彼女は一分余りも耳を傾けていた。

「彼を連行しておいて」とリンダは言った。「十分後に戻るから」

彼女は携帯を切り、罵《ののし》り声を上げた。緊張をほぐすように肩を回したが、効果はない。

「タナーを殺害したって自白した者がいるらしいの」彼女は言った。「ジョニー・ボーイが事務所へ連れて来るわ」

「留置所じゃなくて？」

「それはまだ。まずは話を聞かなくては。二度と間違った男を拘束したくないの」

「俺も一緒に行こうか？」

「そうね。でも秘密の話し合いはもう無しよ」

彼はうなずいた。ちょうどその時、道路向かいの家の煙突に二羽のムクドリが旋回しながら近づくのが見えた。その家には低い、装飾的なフェンスが巡らされており、彼はいったい何人の人間が夜中にそこをこっそりと乗り越えただろうかと思った。

「俺ね、ペギーと話したんだ」と彼は言った。

「でしょうね」

「彼女がどういう状態か知ってるかい？」

リンダは首を振った。

「おかしな話なんだよ」

「二人の様子から見て、わかるわよ」

「実は……」

言いかけて、彼は口ごもった。声に出して言う気がしなかったのだ。理由はわからないが、それが当然のような気がした。

「俺の子供じゃないんだ」彼は言った。

「それが気になっていたのよ」とリンダ。「いったい彼女、どうしてしまったの？」

「それで悩んでるよ」

「あんたはどうなの？」

「俺も好きじゃない」

リンダは、同情心の籠《こも》った一瞥《いちべつ》をくれた。成人してからのリンダには見なかった表情だ。

「残念だわ、ミック」

「ああ」と彼は答えた。「それより、ジョニー・ボーイのところへ男を見に行こうぜ」

彼はトラックへと歩き、できる限りゆっくりと運転した。丘陵地の素晴らしい景色が広がっていた。中庭の花々、家の近くに植えられた観賞植物、あるいはアサガオをいっぱいに咲かせた四目《よつめ》格子《ごうし》もある。美しい道路だった。殺人事件もいずれは片がつくことだろうが、しかし、丘の斜面を丸坊主《まるぼうず》にしたことはどうなのだろう。

# 第二十二章

ジョニー・ボーイは、どう対処するべきか、取り分け、容疑者に手錠をかけるべきかで戸惑っていた。彼はボビーも弟のビリーもよく知っていた。彼らは小川を挟んで向かいに住んでいたのだ。兄弟は十ヶ月の年齢差で、いつも一緒だった。人々は、たとえ一人を呼ぶときでも、〝ボビーとビリー〟と呼んでいた。

ジョニー・ボーイは手錠をせず、ボビーを椅《い》子《す》に座らせて、泣いている彼を見守っていた。彼はジョニー・ボーイと同じ身長、同じ体格で、シャツを除いては同じような恰好《かっこう》をしていた。二人の髪の毛も同じ色、同じ長さだった。ジョニー・ボーイは不思議な感覚に襲われていた。ほんのちょっとしたずれによって、ボビーが警官になり、自分を勾留していたかもしれないと。

ジョニー・ボーイは、小さな冷蔵庫に一本だけ残っていたドクター・ペッパーを出してやり、ボビーが手厚い扱いに感謝するだろうと考えた。それはテーブルに置かれ、その横にはトイレットペーパーがあって、ボビーは時おり鼻をかんだり顔を拭《ふ》いたりしている。ジョニー・ボーイは頭の中のメモ帳に、ティッシュのストックを常備しておくこと、と記した。丘に住む多くの男たちと同様、彼もズボンのポケットにはいつもハンカチを入れていた。綿の赤いハンカチで、ドラッグストアで三枚一組で売っているものだ。それは自分の汗で少しゴワゴワしているし、他人にあげるには大いに抵抗があるものだった。

「誰か呼んでやろうか？」ジョニー・ボーイが言った。「弟とかさ」

ボビーは頭を振った。

「僕に話したことに間違いはないのかい？」

ボビーはうなずく。

「保安官がやって来たら、また話をすることになるぜ」

その一言がふたたび彼の涙腺《るいせん》を刺激したようで、頭の中が破裂したかのように涙が滴《したた》り落ちた。ジョニー・ボーイは目を逸《そ》らした。彼はこれまでに二度、男が泣くのを見たことがあるが、どちらも自分まで泣きたくなってしまったのだ。涙と言うのは、欠伸《あくび》と同じ効果を持っているのかもしれない。気を逸らせるために、彼は心の中で、必要な書類を作成し始めた――彼の名前、住所、社会保障番号、職業は？　ところで、ボビーの最近の仕事は何だっけ？

「なあ、ボビー」と彼は言った。「おまえ、まだヘンリーのガレージにいるのかい？」

ボビーは頭を上げた。涙にそぼ濡《ぬ》れた頬が見え、流れ落ちる涙は顔から滴り落ちるのか、あるいは顎《あご》の下に隠れようとしているのか決め兼ねているようだった。涙はどうやって引力に抵抗できるのだろうか。ひょっとしたら、塩の作用なのかもしれない。

「ブレーキでもおかしいのかい？」とボビーが訊いた。「ウチでまだやってんだ。いつでもいいから運んできてよ」

「お前は郡で一番のブレーキ・マンだもんな」

「でも、ヘンリーはそう思わないんだ」

「で、クビになったのかい？」

「いいや」とボビーは答えた。「給料の値上げを頼んだんだよ。一時間に三十セント上げてくれって。そしたら奴が労働時間を短縮したんだ。そんな男のとこでやってらんないだろ？」

「ふうん」

　表のドアが開き、ジョニー・ボーイは素早く立ち上がった。リンダと彼女の兄貴が入ってきた。彼女はボビーの涙に濡れて浮腫《むく》んだ顔を見るなり、副官を睨みつけた。

「あんた、彼を殴ったの？」彼女が訊いた。

「囚人を殴ったりしませんよ」

「ちょっと二人で話をしたいんだけど」

ジョニー・ボーイは、リンダについて彼女のオフィスに入った。ミックと残ったのは、囚人というか容疑者というか、とにかくそういう男だった。泣き虫男か、あるいは殺人犯のブレーキ・マンか。リンダはドアを閉め、静かに話し始めた。

「彼はどっちなの？」リンダは訊いた。

「ボビーですよ」

「確かね？」

「ええ。ビリーのほうがちょっと大きい」

「オーケー」と言って、彼女はうなずいた。「じゃあ、何があったか話して」

「あんたに指示されたとおり、タナーの家に行ったんです。ドアには鍵《かぎ》が掛かってなくて、その、彼の自宅と思われる家に入ったところ、先入者に遭遇したんです」

「普通に喋《しゃべ》って」

やれやれといった溜息《ためいき》を一つして、ジョニー・ボーイは続けた。

「家の中で、僕はボビーを見つけたんです。で、何をしてるんだと訊くと、タナーを殺したって言うじゃないですか。それから泣き始めて、ずっと止まらないんです。それであんたに電話して、ここに連れて来たってわけです」

「彼、何か言った？」

「車のブレーキを直してくれるって」

二人がオフィスから戻ると、ミックが顔を洗うように言って、ボビーを洗面所へ連れて行くところだった。細いドアが閉まると、ミックは身体を寄せて、蛇口の水がちゃんと出ているかどうかチェックした。

「あの男は？」彼は妹に尋ねた。

「ボビー・レンフロー」リンダが答えた。「自白したわ」

「彼と話してもいいかい？」

「好きなだけどうぞ」

数分して、ボビーが現れた。彼らはオフィスに集まると、ミックとボビーは身体を寄せ合うようにして座り、リンダとジョニー・ボーイは壁を背に、オーディオ録音装置の脇に腰を下ろした。

「腹は減ってないかい？」

「いいや」ボビーは言った。「あんたは？」

「今はまだ大丈夫だ、ありがとう。きみはなぜここにいるか知ってるよね？」

「タナーを殺したから」

「オーケー。少し時間を戻そうか。彼を知ってたのかい？」

「彼が誰かは知ってたよ。みんなそうさ。彼の親父《おやじ》さんの車も見ていたし」

「彼と何か揉《も》めたのかい？　そんなことがあったのかな？」

「いいや。親のところに逗留《とうりゅう》してるって聞いてたんだ。それで奴の両親を食料品店で見かけたから、奴が一人でいるってわかった」

「それで？」ミックは先を促した。

「奴らの家に行ったよ」

「銃は持っていた？」

「ああ」

「種類は？」

「小型のコルト22。大して役には立たないよ」

ミックは、枯れ葉が地上に舞い落ちるかのように、ボビーの言葉が吐き出されるままにした。

「つまりきみは、彼の両親の家に行ったわけだ」ミックは言った。「誰かと一緒に？」

「いいや、おいらだけさ」

「きみが出かけるのを誰か知ってたかい？」

「いないね。おいらは食料品店から直接行ったんだ。奴がドアを開け、おいらは四発撃った。逃げる前にやったのはそれだけさ」

「それからどこへ行った？」

「奴の家さ」

「どうして？」

　ボビーは目を閉じた。瞼《まぶた》のちょっとした動きで涙が滲む。

「深呼吸するんだ」とミックは言った。「気持ちが動転してるのはわかる。でもな、俺たちの話が早く済めば、お前はまた泣けるんだ。いいかい、ボビー？　やってみるかい？」

　ボビーはうなずくと、息を吸って大きく肺を膨らませた。それからこれでいいかと確認するように、ミックに向けて眉《まゆ》を上げた。

「いいぞ」とミック。「それをゆっくりと吐き出して、あと二回やるんだ」

　ボビーはそれに従い、手の甲で顔を拭《ぬぐ》った。

「お前はタナーの家へ行った」ミックは続けた。「理由はなんだい？」

「ああ。おいら、奴とノニーの写真を探そうと思ったんだ」

「どうして？」

「引きちぎってやろうと思ったのさ」

「ノニーを知ってたんだ？」

ボビーはうなずいたが、唇が震えている。ミックは彼に身を寄せ、声を低くした。

「どうやって知り合ったか話してくれないか」

「高校時代さ」ボビーは言った。「彼女はおいらに優しかった。ある日、おいらたちは、何ていうか、森へ行ったんだ。で、その……やったのさ」

「その後、彼女と会ったかい？」

「うん、あと二回だ」

「合計三回か？」とミック。

「うん。意味があるとおいらは考えたよ。とにかくおいらにはね。ところが、彼女はあのジョンソンと結婚しちまった。ギターを弾いたり、トランザムを乗り回してるような奴だった」

「それじゃあ、お前と彼女の仲は終わったってことなんだ」

「ああ、間違いなくね。で、弟がマギーんちの娘の一人と会わせようとしたんだよ。

そんな子が沢山いて、みんなてんでいい子だったんだけど、おいらは一度もその気にならなかった。他の女の子じゃ駄目なんだ。ノニーだけだよ」

「彼女が本当に好きだったんだ」

「おいらは愛してんだ。そうだよ、愛してたのさ。その彼女をあの養子野郎が殺しやがった。そんでおいらが奴を殺したのさ。おいらはもう一度だってやってやるぜ。いいや、たとえ百回でもだ」

「わかったよ、ボビー。よくわかった。お前のやったことは納得できる。もう一つ、彼を撃った銃はどこにある？」

「おいらの車の中さ」

ミックはチラリと妹に合図した。彼女はジョニー・ボーイを肘《ひじ》で突《つ》き、彼は残念と言わんばかりの表情で部屋を出て行った。

「ボビー」とミック。「保安官はお前を留置所に入れなくちゃならない。仕方ないんだよ」

「ああ、わかるよ」

「ようし。もしもっと泣きたいんなら、そこでどうぞ。だけど、ブタ箱では大して役には立たないかな」

「いや」とボビーは答えた。「もういいんです」

「それじゃあ、行くぞ。まあ、頑張るんだな」

　ミックが立ち上がるボビーを助け、リンダが正面ドアから外へ連れ出した。ミックはジョニー・ボーイを待つことにした。銃の存在は自白を裏付けるだろうし、もしジョニー・ボーイが見つけられなければ、ミックが自分で探し出す必要があるだろう。彼は所内を見回した。妹が一日の大半を過ごす場所なのだ。部屋は個人的な特徴を欠いており、机と椅子、それにファイリング・キャビネットと、石目のキャンバスに印刷された州知事の写真があるだけだった。

　部屋の隅には、オークの棒から州旗がぶら下がっている。州旗には握手する二人の男が描かれていて、一人は黒い背広を着た、州都を代表する人間だ。もう一人は、開拓者に多く見られた、房飾りの付いた鹿皮服《しかがわふく》を着ている。ケンタッキー州の公式のモットー――団結すれば立ち、分裂すれば倒れる――が男二人を取り囲んでいる。ミックはこれを目にする度に、滑稽《こっけい》な気分になるのだった。政治家は決してアパラチア人とは握手をしないものなのだ、土地や鉱業の権利を奪い取る時以外には。

　ジョニー・ボーイは、プラスティックの証拠物件入れに小型の拳銃を収めて戻って来た。

「シートに置いてありましたよ」彼は言った。

「あいつの両手と衣服を残留物テストに掛けてほしい」とミックは言った。「それから、奴《やつ》の両親の家のドア枠に詰まってる弾丸を掘り出してもらいたい。この拳銃と合うかどうかを確かめるためだ」

「でも、あんたは僕のボスじゃありませんよ」

「きみにやれって、妹に言ってもらうこともできるよ。しかしきみが勝手にそれを始めるんだったら、妹も感心するんじゃないかと思ってさ」

「別に彼女に感心してもらいたいわけじゃないんだ」

「確かに、銃を見つけようとしないのも気を引く一つの手ではあるけどな。まあ、彼女は気分を害するかもしれんが。俺は協力したいんだよ。もしいやなら、勝手にしろだ」

ミックはドアへ向かった。

「あんたがどこへ行くのか、彼女に言っときましょうか？」ジョニー・ボーイが言った。

「コーディルの昔の自宅だよ」

「コーディルって名前は山ほどありますよ。町や尾根や窪地にね」

「ずっと東なんだ。どこにあるかはまだわからない。不動産証書はオーガスタスの名前で記録されてる。彼が死んだ後、奥さんが相続した。子供が三人。ボイドにバージル、そしてサラだ」

「ボイド・コーディルか」ジョニー・ボーイはそう言って、顔をしかめた。「ちょっと待って下さいよ」

ジョニー・ボーイはリンダの机に押収品《おうしゅうひん》を置くと、幾つかあるファイリング・キャビネットへ向かった。キャビネットの一つから、一冊のボロボロになったマニラフォルダーを取り出した。長年の湿気で表紙はすっかり膨《ふく》れ上がっている。

「これだ」と彼は言った。「ほら、あったぞ。コーディル、ボイド。二十六年前に死体で発見。原因は不明」

ジョニー・ボーイはそのフォルダーをミックに渡し、彼はそのタイプ原稿を拾い読みした。最初の犯罪報告。尋問。追跡調査。ボイドには前歴があった——飲酒による二度の軽微な不行跡。銃撃による死亡を確認する検視報告書。そこには、現在の検視官の父親、マーキス・スレッジ・ジュニアのサインが成されていた。

「ここには大したものはないね」とミックは言った。

「いや、問題はそこじゃないすよ」

ジョニー・ボーイは別のファイルを引き抜き、それをミックに手渡した。それは量こそ少ないものの、同じような書類だった——ローデール、ウィリアム。前歴なし。コーディルの死の、八ヶ月後に発生した未解決の銃殺事件。

「きみは同じ人間が二人を殺したと思ってるのかい？」ミックが尋ねた。

「これが起こった時、僕はまだ子供だったんだ。でも違うよ、同じ殺人者とは思えないな。噂では、ローデールがコーディルを殺し、ついでボイドの弟のバージルがローデールを殺したらしい」

「証拠は？」

「ないな。噂はいろいろとあるけどね。だけどローデールが殺されたすぐ後に、バージルの姿も消えたんだ。それ以降、彼の姿を見た者はいない」

「彼も殺されたとか？」

「完全に行方不明なんだ。当時の保安官はトロイ・ジョンソンだった。ノニーとの直接の関係はない。彼のメモがあるだろ？　バージルの車が無くなってる。その二日前に、彼は大金を銀行から引き出した。バージルの想定通りの展開だってのがトロイの考えだ。ローデールを殺して、郡を離れたってね」

「それ以降、彼は戻ってない？」

「母親が亡くなった時、トロイはバージルを取っ捕まえようと待ち構えていたんだが、姿を見せなかったよ」

「今は妹が住んでるよな？」

「いいや。お袋さんが死んだ後、オハイオに引っ越した。亭主が向こうの木工場で働いてるから」

「つまり、かつての家には誰も住んじゃいないのかい？」

「うん、ここ二十何年間かはね。きちんとした家だし、尾根上のきれいな場所だよ。ああ、今も建ってる。道は僕が教えるよ、高校時代には、よくあそこでビールを飲んだもんだった」

ミックはジョニー・ボーイの説明する道筋を頭に入れ、その具体的な描写にびっくりした。ミックは礼を言い、歩き出したもののドアの所で振り返った。

「なあ、ジョニー・ボーイ」と彼は言った。「そんなこと、どうして覚えてるんだい？」

「いざとなって困らないようにね。古いファイルには全部目を通してるんだ」

「そして覚えるのかい？」

「あんただってそうするだろ？」

「だね」とミックはうなずいた。「そのとおりさ」

ミックは立ち去り、ジョニー・ボーイは古いトラック・エンジンが轟音《ごうおん》とともに息を吹き返すのを聞いていた。ミックがアクセルを踏み込んでエンジンに燃料を噴出するからだが、新しい車ならそんなこととは無縁である。他の全《すべ》てと同様、ミックは旧式を良しとする。この旧式な男が年を取ったらどうなるだろう、とジョニー・ボーイは考えた。時代が彼に追いつくなんてことがあるのだろうか？

ジョニー・ボーイはファイルをもう一度読んだ。ローデール家とは実は遠縁にあたり、それを彼は内密にしていたのだった。もしバージル・コーディルがエルドリッジ郡に戻って来たら、その時はジョニー・ボーイの出番なのだ。

# 第二十三章

ミックが駐車場から道路に出ようとしたとき、妹の車が反対方向からやって来るのが見えた。彼はいっぱいにUターンし、リンダの横に車を停めて外へ出た。

「ジョニー・ボーイが銃を見つけたよ」と彼は言った。「鑑識はどうする？」

「州警察ね。でも、ボビーの話を信じられる？」

「まだあるかもしれんが、彼は嘘《うそ》をついてないと思う」

「三十年よ」とリンダ。「誰を殺すにしろ、そんなに長いあいだ思いは続くものかしら？」

「一本の木が育って、切り倒される頃だものな」

「すっかり木こり気分じゃないの」

「違うよ。人間性を理解したつもりさ」

「他人のことはともかく、自分自身のことはどうかな？　せいぜい頑張って」

「まあね」と彼は言った。「俺は自分を探さなきゃならない。ヨガでもやって、心頭滅却でもするか。で、他には何か？」

「市警察の連中ね。彼らはボビーの幼馴染《おさななじみ》だから。タナーは自殺したんじゃないかって言ってるのもいる」

「かもしれないよ。ボビーが入って行って、念のためにとあと二発撃ったのかもしれない」

「彼らはぜったい今、マービル・ノックスに電話報告してるわね。彼には嫌な報《し》らせよ。あたしがダプテッド・ボーイを放免したことで頭にきてるの。昨日の夜だって、あたしの自宅に電話してきて怒鳴ったんだから」

「お前はお前のすべきことをしたまでさ」

「あたし、時々この仕事が嫌になる」

「ほとんどの人がそうだよ」

「兄さんもそう？」彼女が訊いた。

「バラックに入り込んで、二十歳のゴリラのようにたくましい男を取っ捕まえる。それが俺のしてきたことだよ、女房と家で静かにしているよりもね。だから、そうさ。ただ、この仕事が得意ってだけだ」

十代の若者たちを満載した車が通り過ぎた。窓からは大音量の音楽が流れて来る。彼らはファーストフード店の駐車場に車を停めると、囲いから解き放たれた家畜のように、三人の少年と同じ数の女の子が飛び出して来た。四人がけばけばしい色合いに髪を染めている。残りの二人、男と女は、髪の毛を短いモホーク刈りにし、キツツキの鳥冠《とさか》に似せて油で固めている。小さな町のどこにでもいる〝反逆者〟気取りの連中で、自分たちはしっかりと調子を合わせている。ミックは、いったい誰の車で、誰がガソリン代と髪の染料代を支払っているのかと訝《いぶか》った。

「あの連中だが」と彼は言った。「まるでカケスのように自由だよな。彼らのように車をぶっ飛ばしたことはあるかい？」

「もちろんよ。〝根性試し〟って言ってね、町の端まで突っ走って、回れ右して戻ってくる。あたしたちの記録は九十三マイル。百マイルを狙《ねら》ったんだけど、みんな家に帰って夕食が待ってるでしょ。あんたはどう？」

「仲間を持つには、俺の住んでた小屋は遠すぎたかな。時々、考えたものだけどね、軍隊に入ったのはそのため、つまり友達を得るためじゃなかったかって」

そこへ最新型の、窓もしっかりと着色されたフォード・エクスプローラーが駐車場へ入って来た。それはゆっくりと停止し、特別捜査官のウィルソンが悠然と姿を現した。彼は目が覚めたばかりの老人のように背中を伸ばし、首をぐるぐる回して左右の首筋がポキンと音を立てた。彼の肌は糊《のり》のように青白い。車中での長い待ち時間のせいだろう。三人は誰かが何か言うのを待つかのように、しばらくお互いを見つめ合った。

「保安官」とウィルソンが口を開いた。「面倒事が増えたようで」

「こちらが理解してるところでは、あなたは州間高速道の監視を任命されたとか。だれかを逮捕されるつもりで？」

「いいや。ボスは休憩所を閉鎖した。つまりは納税者を二つの方法で助けようってわけだ――建物が維持できて、何もしない私に給料を払おうってね」

「目の不自由な人たちには辛《つら》い話だ」とミックが言った。

「何だって？」とウィルソン。

「休憩所に並んでる自動販売機に入るカネですがね、あれは盲人援護に使われるんですよ」

ウィルソンは、ポーチでオシッコをした子供を見るような目つきでミックを睨むと、リンダに視線を戻した。

「それで、私は保安官の手伝いをしたいと思うんだが」と彼は言った。

「必要ありませんが」

「私への指示は、連邦政府からの支援を申し出る、ということで」

「あなたが連行した人間は、もう亡《な》くなりましたよ」

「保安官が釈放しなければね」

リンダはいきなり、カタパルトから撃ち出されたように彼に飛び掛かろうとした。顔は真っ赤になり、両手がぶるぶる震えている。ミックが素早く二人の間に割って入った。彼は両腕でリンダを抱きかかえると、後ろ向きにアスファルト路面まで引っ張って行った。

「あたしを放してよ」彼女は叫んだ。「止《や》めて、ミック！」

彼はリンダを放し、両手、両腕を開いて上げた。

「やっても無駄だよ」彼は言った。

「あたしが決めることでしょ」

「好きなだけ俺を殴りゃいい。でも連邦捜査官には手を出すんじゃない」

彼女は両手をわななかせながらも、何とか平静を保とうとした。そして十代の初めの頃に覚えた、緩慢な呼吸法を始めた。彼女はそれを5－3－6と呼んでいたが、それは五秒間の吸息、三秒間の停息、そして六秒間の吐息からなっていた。彼女が校庭で喧嘩《けんか》騒ぎを起こしたときに、学校の顧問が教えてくれたものだった。相手はずっと身体《からだ》の大きな少年で、彼がリンダの父親は酔っ払いだと罵り、それが事実だったが故《ゆえ》に、彼女はコテンパンに相手を叩《たた》きのめしたのだ。その後、少年はデートを申し込んできたという。

彼女の顔色はしだいにいつもの色合いに落ち着いた。それはひどいメーキャップや日焼け止め剤の使用を良しとしなかったせいだった。彼女は食いしばった歯の間から言った。

「奴をここから追い出して」

ミックはうなずき、オフィスへ戻ってゆく妹を見送った。彼はジョニー・ボーイに注意するよう促そうかと思ったが、彼の携帯はグローブボックスに仕舞い込まれたままだ。彼はウィルソンの所へ戻った。彼はまだ意気軒高なボクサーのつもりだった。

「心配なく」とミックは言った。「僕は腹なんか立てちゃいませんから」

「連邦捜査官に対する暴行未遂だ。あいつを裁判に引きずり出してやる」

「そんなことを始めたら、僕はあんたに責任があると宣言するよ」

「まさか？ 宣言の下に嘘をつくのか？」

「ああ、妹のためならね」

ウィルソンの表情に怒りが張《みなぎ》った。最初はゆっくりと、やがては重い体重を支えていた板切れが、突然二つに折れて波間に沈むかのように猛然と。ミックは見ていて気の毒になるほどだった。ウィルソンもまた、自分の仕事が嫌なのだろう。

「なあ」とミックが言った。「あんたが間違った男をひっ捕らえ、その男は死んでしまった。面目をつぶしたのは保安官であって、ＦＢＩじゃないんだ」

「じゃあ、ジョンソンという女を殺したのは誰なんだ？」

「今、探してますよ」

「協力しようじゃないか」ウィルソンは言った。

「いえ、結構です」

ミックはトラックへと歩き、走り去った。

ウィルソンは、ネズミのように上手《うま》く嵌《は》められたと感じていた。今となっては、転がっているチーズを舐《な》めるしかやることがない。彼は妹に対するミックの誠実さを羨《うらや》ましいと思った。ウィルソンの唯《ただ》一人の兄弟と言えば、六歳年上の、彼をさんざん虐《いじ》め尽くした兄貴で、同期生中上位十パーセントでウェスト・ポイントを卒業し、挙げ句に、アフガニスタンでパトロール部隊を指揮している間に殺されたのだ。彼はアーリントンで二十一発の礼砲とともに埋葬された。母親は折りたたまれた国旗と、三つの死後勲章を受け取った。彼女は鬱《うつ》病で引きこもり、彼女の夫は毎日十八時間の仕事を続けるうちに精神を患《わずら》ってしまった。ウィルソンは歴史を勉強して、教授になりたいと思っていた。しかし結局は、ルイビル大学の予備役将校訓練部隊《ROTC》に入り、そこで陸軍少尉《しょうい》の将校任命辞令を受けたのだった。

これ以上、家族に喪失の悲しみを味わわせないよう、政府はウィルソンを自国内に留めた。家族の友人であるマービル・ノックスは、タナー・カーティスの逮捕に関する正当性を訴え、補償金を請求した。ウィルソンは妥協せざるを得なかった。彼はいつでも妥協するのだ――兄に対しても、両親に対しても、そしてノックスに対しても。彼は自分の受動性が嫌でたまらなかった。

自暴自棄の感覚は、コンクリートでできたキルトのようにすっぽりと彼を包み込んだ。もしも彼の兄貴が生還していたなら、事態は打って変わったものになっただろう。ウィルソンは自分の博士号を頼りに、もっと安全な職に就くことができたに違いない。ところが、彼の学問上の実績はますます彼を小さな町へと追いやるのだった。彼の嫌いな町へ行き、彼を嫌いな人々を助けるために。

# 第二十四章

ペギーの母親は大変に几帳面《きちょうめん》な人で、その一端が時に娘を苛立《いらだ》たせた。先ほどペギーの家を訪れた彼女は、小さな台所でマフィンを食べ、お茶を飲んだのだが、その時もパン屑《くず》一粒落としはしなかった。彼女はナプキンで唇を叩き、ついでそれをまた折りたたんだ。ペギーは母親を見送ってやっとホッとした。母親は、彼の家族を理由にミックを娘の結婚相手とは認めなかった。両親は離婚し、母親は引きこもり、父親はアル中で、祖父は世捨て人だ。母親の見解では、ミックがペギーをかどわかし、彼女が行きたくもない海外各地へ連れて行ったのだ。母親が彼を良しとする唯一《ゆいいつ》のことは、娘の妊娠だった。まあ、やっとね、と彼女は言った。やれやれ、そう彼女は言ったのだ。

ペギーはテーブルを拭き、食器を濯《すす》ぎ洗いした。椅子を並べ直し、母親が訪れた痕《こん》跡《せき》を消し去った。彼女は母親の直観力を恐れていた。それはやがてやって来るに決まっている。残酷なコメントを交えた沈黙の猛襲だ。ペギーは父親が生きていてくれたらと願った。父はペギーが十六歳の時に急逝し、彼女はその三年後にミックと結婚したのだった。

今、人生の重大局面において考えられるのは、結婚生活の終焉《しゅうえん》ということであり、それは紛れもなく大変なことだった。どうすればいいのか、彼女にはよくわからない。彼女が旅行熱に憑《つ》かれたのも、若さと好奇心の故であり、すぐに退屈してしまったのだ。ミックは純真な男であり、彼女の父親のように誠実で、問題があっても不平を言わずに対処する。彼は懸命に働き、帰宅するときはいつも笑顔だった。今回も、彼女のしたことで怒り狂いはしても、彼はそれを冷静に受け止めようとした。他の男なら怒声を浴びせ、売女《ばいた》と罵り、壁に自分の拳《こぶし》を打ち付けるところだろう。あるいは、自分が妻を愛していることをひたすら見せつけようとする男もいる。ペギーは、彼が自分を愛しているとわかっていた。彼の不動の誠実さが、決して萎《しぼ》んだりはしないことを。

ペギーはもともと、早く自分の子供が欲しいと思い、小さな手に触りたいと願うような女ではなかった。小さな赤ちゃんのいる友人たちは、誰もが疲労を抱え、中には文句を言う者もいて、家の中は取り散らかっている。しかしそれでも、彼女は赤ん坊を養子縁組に出すことをよしとしなかった。それは彼女の体内で確実に育っており、抽象的に何を考えたにせよ、具体的な現実がそんなことを許すはずはなかった。他の何物にも増して、その赤ん坊は彼女のもの、彼女自身のものだったのである。過去三ヶ月間、彼女は赤ん坊が体内で動くのを感じ、その動きは夜になるとさらに激しくなった。そのことは誰にも話していない。彼女はそのスリル満点の感覚を、医師とも、母親とも、そしてミックとも味わいたくはなかった。それはあくまでも、彼女の赤ん坊なのだった。

　ペギーはカウチに横になり、クッションの上で目を瞑《つぶ》っていた。彼女は眠るのが気に入っていた。身体の不調と様々に駆け巡る思いを一瞬忘れて、眠りに落ちるのだ。と、ドアが二回ノックされ、引き開けられた。リンダが入って来た。

「あら」とリンダが言った。「起こしてしまったかしら？」

「いいえ」とペギー。「いいのよ。ちょっと休んでいただけだから」

　リンダは、メキシコ・レストランの持ち帰り用のバッグを机の上に置いた。

「あなたまだタコスを食べたい？」

「わかんないわ。たぶんね。でもありがとう。あたし、ママとスナックを食べたところだったのよ」

「彼女はどう？」

「あたしの神経に障《さわ》るだけみたい」

「ミックがキャビンに泊まってることには何て言ってるの？」

「特には何も」とペギーは答えた。「彼がいない時にやって来るのがいつもだから」

リンダはいつもの椅子に腰を下ろした。これまでの彼女とペギーは仲が良かった、少なくとも現在よりは。彼女は二週間に一度はペギーの元を訪れていたのだが、ミックが戻ってからはそれも間遠になっていた。兄が父親ではなかったという事実は、リンダが考えていたすべてを一変させた。ペギーが妊娠したことを兄に黙っていたのは、わからぬでもない。しかし事実を知った今となっては、リンダがまだ隠し事をしているような、何とも妙な気分がするのだった。

「ミックはどう？」ペギーが尋ねた。

リンダは一瞬、どう答えようかと迷ったが、考えてみれば、彼らはいつもミックの話をしていたのだった。リンダの仕事とか、ペギーの母親とか、町の情報とかではなく、いつも決まってミックなのだ。リンダはふと思ったものだった、彼女とペギーには他に共通の話題はないのだろうか、と。

「彼、生まれてくる赤ちゃんは俺の子じゃないって言ってたわ」リンダは言った。

「ええ、そう、実はそうなのよ」

「あなたはそんなことで嘘をつく人じゃないと思ってた」

「それって、どういう意味かしら？」

「ううん、何も」リンダは答えた。「あなたが彼に話してくれてありがたかったわ」

「あたしがあなたに話さなかったことで、怒っている？」

「怒ってない」とリンダ。「あなたが兄を騙《だま》したことに、あたしは怒ってるの。怒るのが当然でしょ？　なぜそんなことをしたの？」

「事故だったのよ。ミスだったわ」

「それは十代の娘たちの台詞《せりふ》でしょ？　あなたは三十三歳よ。わかるんじゃないの。兄はバラバラになってしまったわ」

「あなたが彼に言わなければ良かったのよ」

「彼は知る権利があるわ」

「決めるのはあたしよ、リンダ。あんたじゃないわ。あんたは鼻を突っ込んできて、今は家にまで来てあたしを批判してる。こんなあたしを彼に見せたくはなかった。あたしには計画があって、それをあんたが反古《ほご》にしたのよ」

「計画って、どんな？」

「赤ちゃんを産んで、彼が戻ってくる前に養子に出す。そうしたほうが、彼にとっては簡単なのよ。あたしたち二人にとって簡単なの。ところが、あんたが乗り出して、彼を呼び戻した。彼がバラバラになったのはあんたのせいだわ」

「あんたが彼の奥さんでしょ。あんたが彼に話すのが当然よ」

「あんたはいったい何を知ってるの？」ペギーが問い質《ただ》した。「あんたは結婚もしていない。ボーイフレンドがいた最長は何週間、六週間？」

「八ヶ月よ」

「ええ、そうね。ブラッシー地区のコリンズの息子でしょ。覚えてるわ。彼の食べ方が嫌だからって別れたのよね」

「だって、フォークで歯に引っかかったのをせせり出すんだもの」

「いつだって難点を見つけるんだわ」ペギーが言った。「ジャクソンの息子は、あれは確か、爪《つめ》を嚙《か》むのよね。オービル・カーターは、あんたの台詞じゃ、服装がいつも決まり過ぎ。誰か忘れてる？　ボボ・フレイリーは運転の仕方が気に食わない。製材所のレオナルドはテレビの見過ぎ。アンダーソンの息子の一人は、どの子だったか忘れちゃったけど、ヘアスタイルが気に食わない。あたしが何か言ったことがある？　いいえ、ないわ。あんたがどんな評判を取ろうが、あたしには関係ないんだもの」

「評判って、どんな？」

「知ってるでしょ、リンダ。郡の大半の男性とデートしたんですからね、あんたは」

「少なくとも、あたしはコンドームを使ったわ」

「それはつまり、あんたが先を見越して行動してるってことだわ。何もあんたがあたしより優れてるってわけじゃない。あんたが普段そばにいない男と十五年間結婚したんだったら、あんたの言い分を聞いてもいいわ。それまでは、あたしの人生に関わらないでちょうだい」

二人はしばらく睨《にら》み合っていた。二人ともに腹立たしく、相手の発言が怖くもあったのだ。彼らは自分の発言を持て余していた。

リンダは立ち上がり、ドアへと向かった。

「あんたのこと、お姉さんみたいに思ってたのに」と彼女は言った。「いったいどうしたの？」

「うんざりしてるのよ」ペギーは答えた。

「あたしに？」

「すべてによ。この家、ロックソルト、ここにはいないミック。あたしは毎日、同じことをやり、同じ人々と同じ会話をしなけりゃならない。彼らはいつも見張っていて、判断しようとしてる。あたしに直接にではないけど、それはよくわかる。今やあんたたちは格好の火種を手に入れたのよ。ねえ、あたしたちが自分らのことを話題にしたのはいつだったかしら？」

「今してるじゃない」

「遅すぎるのよ」ペギーは言った。「すべてはもう遅すぎる」

「ミックはあんたのために戻って来たのよ」

「でも、ここにいようとはしないわ」

リンダは、幾つかの反論を思い浮かべながら歩き去った。彼女が言いたかったこと、それは友人を失うことへの無念の思いと手を取り合っていた。彼女に友人は多くなく、ペギーとは二十年にわたって友情を育《はぐく》んできた。ペギーは中年期の危機を経験するにはまだ若かったが、丘陵地の中年危機は早い。しかしながら、この地では全ての出来事は時期尚早に訪れる――死、苦役、そして喪失。子供の死、という場合もあった。おそらくは子供が生まれた後、彼女は落ち着くのかもしれなかったが、忌《い》まわしい言葉の攻撃は付いて回るだろう。ペギーの下した評価は、正しいだけに的を射ているのだ。リンダは常に男性の評価を怠らず、彼らを締め出すための理由を考えていた。そんなに秀《ひい》でた人間など、そもそも存在しはしないのに。

ロックソルトに対するペギーの批判の数々は、リンダにとっては、だからこそ好きになる理由なのだった。同じ人間と顔を合わせる。時には一日に三回も。その時々に別の店で会うということの安全性には、計り知れないものがある。そのような出会いには確たる決まりごとがあるのだ。初回は、家族のことを話し合ったりするだろう。二度目は、お互いににっこりと笑い合い、同じスケジュールで動いているらしい自分たちに冗談を飛ばす。三度目は、互いに笑みを交わし、手を振り合う。それはお互いが安全と思われる世界に生きる心地よさの要因となる。法の執行に携わる人間にとって大切なことの一つは、全ての住人たちに法を遵守《じゅんしゅ》させることであり、それはペギーにとってはもうどうでもよいことなのだった。

　リンダが帰った後、ペギーはカウチに座って自分の腹部をさすっていた。彼女はリンダに腹を立て、自分自身に怒り、赤ん坊を除くすべての人々に憤《いきどお》っていた。彼女は自分の言ったこと、決して正しい発言とは思えないような考えに驚いた。彼女はそれからしばらくの間、酷《ひど》く退屈だった。でも、と彼女は思った、赤ん坊が生まれてからはそうじゃない、と。母親になることは目的を与えられ、しかもそれは妻や義理の姉妹になることとは違うのだ。リンダは仕事を持ち、ペギーは赤ん坊を授かる。それこそが彼女の望むことだった。

# 第二十五章

ミックは田舎道を東へ走りながら、都市の雑踏から逃れられてほっとしていた。彼は軍隊の単純な生活が懐《なつ》かしかった。時間は柔軟性に満ちた性格を砂漠に与え、時にそれは酷くゆっくりと、いや、全く動かないように見えることもあるかと思えば、いきなり前に飛んだり、あるいは二世紀あまりも後退することさえある。そこでの生活は、丘陵地での生活によく似ていた。彼は緑という色合いが好きだったし、木陰の雰囲気、あるいは湿度さえも好きだった。今、彼は砂漠の透明な空気と、広大無辺の地を渡る癒《いや》しの風に何としても触れたかった。

車を止めて、地図をチェックした。郡庁舎で彼がコピーした地図の上に、手書きで加えたものだ。ジョニー・ボーイの指示は適切だった——旧道60号線を行って、小川を過ぎてオープン・フォークで右へ曲がる。ベアースキンを左へ、そのままクロスカット・リッジを過ぎると、木立の間に渓谷が見えてくる。それが昔のコーディル家に通じるのだ。

ミックはさらに東に向けて車を走らせながら、コーディル兄弟のバージルとボイドに思いを馳《は》せていた。世の中の家族の歴史とはそんなに哀《かな》しいものなのか、あるいはただ丘陵地特有のものなのか。アパラチア人は昔ながらの掟《おきて》に従って生きており、それによって行動を起こすこともある。公然たる侮辱は常に、個人的な問題である。復讐《ふくしゅう》行為は何世代にもわたって引き継がれるのだ。学校で授業前に毎朝、ミックは忠誠の誓いと主の祈りを大声で唱えたものだった。子供たちはみな覚えたものだ――「我々に敵する者たちを赦《ゆる》すように」と。それは時間枠を超越した、強力かつ寛大なメッセージだったのだ。この丘陵地では、不法侵入者は殺した後に許しを乞《こ》うたほうが得策だということだった。

ベアースキンは今はアスファルトの一車線道路だが、ミックが子供の頃は泥道だった。窪地《くぼち》の端で、急勾配《きゅうこうばい》の曲がりくねった上り坂に入り、クロスカット・リッジへと向かった。丘の頂上で涼風に当たり、古い道路の分だけ隙間《すきま》のある木立の群れを眺めやった。彼は二度車を止めた。一つは過去の伐採業者が作った切れ目であり、もう一つは樹列に生じた自然の裂け目だった。丘の美しさを堪能《たんのう》しながら、さらにゆっくりと車を走らせた。ようやく見つけた開口部は、明らかに人間の手によって作られたものだった。天蓋《てんがい》の下を通り、一本の常緑樹の隣で車を停めた。道路からは見通しの利《き》かないところだ。松の木の葉に顔を刺されながら車を降り、ついで手を伸ばしてナップザックと銃を取った。

彼は慎重にあたりを見回した。別のルートで戻らねばならない時に備えてだ。ここが、ミスター・タッカーが口にした最後の場所であり、ミックはデルマー・コリンズがここで捕まらないかと考えていた。彼の計画はシンプルだった——奴を捕まえ、リンダが彼を使って、マービル・ノックスに手を引かせるのだ。

彼はしゃがんで、最近の車両によって潰《つぶ》された雑草や低木などを丹念に調べた。草の葉はどれもかすかに曲がっており、その日に車が通った跡だろうと推測できた。タイヤ間の幅から、大型のピックアップ・トラックのものだとわかる。数フィート離れて、別のトラックのもう少し古い轍《わだち》が残っていた。ミックは森の中に入ると、古い道路と平行に歩き、何歩目かごとに足を止め、耳を澄ませるのだった。ボブホワイトがその名を森じゅうに知らせるような声で鳴く。早出のフクロウがそれに答える。あと二時間もすれば、あたりは漆黒の闇《やみ》に包まれるだろう。暗闇は重くて分厚く、重なり合う木々の梢《こずえ》が星明りを遮ってしまう。自分の切迫した呼吸音に気づき、ミックはペースを緩めた。

わずかな上りの頂上で、彼は足を踏み出したところで動きを止め、両手と顔を静止させた。道の端に、トラックが一台停まっている。最新型のフォードＦ－１５０、四輪駆動車で、ミックがジョンソン家で見たものと同じだ。誰であれあそこに停めた者は、コーディルの家宅まで徒歩で参上するつもりなのである。

ミックは群葉《むれは》越しに家の一角が見える所まで、慎重に歩を進めた。干上がった雨裂まで下ると、丘を腹這《はらば》いでよじ登った。コーディルの家は、かつては巨大なオークの木々が影を成す平地に立っていた。中庭には、斧《おの》の握りほどの太さのナギナタガヤに紛れて、背のある雑草が生い茂っている。ポーチの床はしっかりしているようだが、屋根は長い年月ですっかり凹《へこ》んでいる。ミックはいったん森の中へ引き返し、時間をかけてゆっくりと家屋の偵察を始めた。周りを歩き、後ろに回っては距離を詰め、家の両側にある二つの外壁にも同じことを試みた。

背後に人の気配を感じ、銃を構えたまままいきなり振り返った。しかし誰もおらず、物音も聞こえない。彼はそれを緊張過多の結果であろうと片付けた。それが二度目に起こった時、彼は他に誰かがいるという感覚を拭《ぬぐ》い去ることができず、三分の間、森の中を執拗《しつよう》に観察した。森は静謐《せいひつ》だった。カーディナルが鳴き声を上げ——鋭い鳴き声が二度響き渡り、それを黙らせるようなチッチッという優しい声が続いた。自分は一人だ、とミックは確信した。カーディナルがあのような声を出すのは、自分の安全を見極めた時だけなのである。

家の反対奥にもう一台の車が停まっていた。改装したばかりの古いフォード・ブロンコだ。家に近づき、二人の男の話し声を耳にした。しかし何を話しているかはわからず、彼は声の調子を聞き取ろうと努めた。一人の話し方が相手よりも速い。二人とも切羽詰まった状態にあるのは明らかで、抑えた話し方からして、むしろ自暴自棄に陥っているような雰囲気だった。一人が、あるいは二人ともが武装していると当たりを付けた。

ミックはクルミの木の後ろに蹲《うずくま》り、どうすべきかと考えた。はっきりと聞き取るべくもっと近づけば、自分の存在を悟られる恐れがある。彼らは外へ飛び出てくるだろうが、二人が一緒に出て来たとなると、デルマーが逃げ延びる可能性は五分五分だ。やはり、家の中で取り押さえるのが肝心だろう。

腰を屈《かが》め、ポーチの横に停まっていたブロンコを遮蔽物《しゃへいぶつ》にして一周した後、ミックはゆっくりとブロンコの背部に近づいた。ポーチのフロアは床板が一枚欠けている。正面のドアは開いていた。彼は家屋の様子を頭に描きながら、もう一度やるべきことを確認した——長方形の作りで、家の後ろ半分が二階建てになっている。ドアの先には一方に居間が、もう一方に台所がある。彼は音を立てずに二歩でポーチまで行き、床の穴を避けてドアから突っ込むのだ。そうすれば四秒で室内に入れるだろう。自分の行動を的確に想《おも》い描きながら、彼はさらに二度、自分がやるべきことを確認する。そして一瞬後、ブロンコの端からダッシュし、室内へと飛び込んだ。

二人の男が同時に振り返った。二人とも若く、一人は銃を手にしている。ミックは銃を払いのけるや、相手の息を抜くべく胸を目掛けてパンチを叩き込んだ。もう一人の男は彼を見つめるだけだ。男は背に横木のある椅子《いす》に座ったまま、両脚が恐怖で震えている。ミックは銃を持ち上げると、一人ずつに銃口を向けた。

「お前の名前は？」彼は椅子の男に言った。

「デルマー・コリンズ」

「もう一人は？」

「フランキー・ジョンソンだ」

「ノニーの息子だな？」

デルマーはうなずいた。

「彼はお前を殺しに来たのか？」ミックが訊《き》いた。

デルマーはもう一度うなずき、床に倒れて喘《あえ》いでいるフランキーを見やった。

「ところが、奴にはもうその気が無いように見えるがね」

ミックはブーツの先でフランキーを小突いた。

「立てよ」と彼は言った。「そんなに酷くは殴らなかったぜ。息が出来ないからびっくりしたんだろう。お前だとわかっていたら、もう少し遠慮したんだがな」

フランキーは壁まで転がってゆき、胸を押さえながらうずくまった。彼は思い出そうとするかのように、横目でしげしげとミックを見やった。

「俺はお前の家まで行ったんだ」とミックは言った。「お前の伯母さんとか従兄弟《いとこ》たちと話したよ。そのとき、お前はベッドで寝ていたんだ。ここへやって来るのは、ウェイドか双子の兄弟のどちらかだろうと思っていたよ。お前とはね」

フランキーは頭を振り、苛立った調子の甲高い声で話し出した。

「ウェイドが言ったんだ、おいらが行かなきゃ駄目だって」

「なぜ？」

「奴はおいらの母さんを殺したんだ」味方がいきなり出現したことに気を強くしたフランキーは、やおらデルマーに向かって指を振り上げた。「お前が母さんを殺したんだ！」

デルマーはフランキーの言葉を躱《かわ》そうとするかのように、顔を横に向けた。金属の手錠が片手を椅子に繋《つな》いでいる。

「それで手錠を持ってたのか？」ミックはフランキーに尋ねた。

「ああ。ウェイドから借りたんだ」

「鍵《かぎ》を出せ」

フランキーはズボンのポケットをあちこち探り、銀色に輝く一本の鍵を取り出した。軸部の端のビットが一つだけで、いかにも低品質の、オンラインで買える代物《しろもの》だとわかる。

「床に投げてくれ」ミックが言った。

フランキーは指示に従った。鍵は二度バウンドし、埃《ほこり》の中に静止した。

「彼を殺すまでもないだろう」とミックは続けた。

「目には目を、歯には歯をだ。聖書にちゃんと書いてあるぜ」

「聖書に書いてないことだってあるんだよ。当時はまだ誰もが知らなかったことだ」

「コンピューターとか車のことかい？」

「州刑務所みたいなことさ」ミックは言った。「刑務所で過ごすデルマーの人生を考えてみろ。そこにいる連中はみんな母親がいる。連中はデルマーのやったことを知り、最低の奴だと思う。連中は奴の歯を引き抜き、着る物も食べ物も取り上げるんだ。ところがお前は、奴を殺すことしか考えない。それがお前の望みなのかい?」

「そうさ」

「だったらお前も刑務所へ行って、同じ憂《う》き目を味わってくるんだな」

フランキーは沈黙した。今得た情報と突然の状況変化を何とか整理しようとしている。変化はあまりに多岐で急激すぎる。自宅へ帰り、ベッドでテレビゲームをやりたかった。彼はウェイドも怖かったが、この男のほうがもっと恐ろしい。

ミックはデルマーを見やり、話しかけた。

「彼はここにどれくらいいるんだ?」

「一時間ほどだよ」デルマーは答えた。

「一時間か」とミックは言った。「フランキー、お前はこいつを本気で撃ちたいとは思っていないな。本気なら、とっくに撃ってるはずだからな。違うか?」

フランキーは意気消沈したようにうなずいた。

「お前はまともな男だよ、殺し屋じゃない。だからどうしてこんなことになったのか、正直に話してくれないか」

「もし俺がやったら、トラックをくれるとウェイドが言ったんだ」

ミックは顔をしかめた。カブールで、彼は市場での自爆テロに失敗した若いアフガン人を尋問したことがある。その少年は大人の男たちの駒《こま》にすぎず、自己犠牲を強いられているだけのことなのだ。ミックはその時は心底げんなりとし、今もまた同じ思いに囚《とら》われていた。

「立て」と彼は言った。

フランキーの眉《まゆ》の端から汗粒がしたたり落ち、彼がそれをグイとこすると、大きな泥跡が額に残った。着ている服が瘦《や》せた身体からだらりと下がり、散髪も必要だし、とにかく風呂《ふろ》に入る必要があった。

「家に帰れ」とミックは言った。

「ウェイドや他の連中に何て言ったらいい？」

「何でも構わない。ただし、他の連中にはいっさい何も喋《しゃべ》るな。お前の家族にだけだ」

フランキーはうなずき、ゴミ箱を漁《あさ》っていた犬が顔を背けるように視線を外し、立ち去った。戸口から、ミックは最初のゆっくりとした足取りが次第に速くなるフランキーの様子を眺めていた。彼は低い丘を登って下り、しばらくは頭だけ見えていたが、やがてそれも小さくなって消えた。

デルマーの状態はフランキーよりも酷かった——虫に刺され、睡眠不足から目の下に隈《くま》ができ、衣服もひどく汚れている。間に合わせのテーブルには、空っぽのツナ缶数個と炭酸飲料の缶、それにポテトチップスが載っている。ミックは自分の水筒を差し出した。デルマーが素早くうなずき、ミックは蓋《ふた》を外して口に押し付けてやった。彼は喘ぐように飲み進み、やがては水が零《こぼ》れ、汚れた顔に筋を作った。

「お前は片手を椅子に繋がれてた」とミックは言った。「立ち上がって、その椅子で奴《やつ》をぶん殴ることだってできただろうに」

「チャンスを窺《うかが》ってたんだ」

「お前がノニーを殺したのか？」ミックは尋ねた。

デルマーはうなずいた。

「話せよ、だったら」

「事故だったんだ」

「ふざけるな」とミック。

「いや、俺は殺すつもりなんてなかった。彼女の思いつきだったんだ。何だかインターネットで手に入れたもんらしい」

「話してくれ」

「息ができなくなるのは、セックスの時にコカインを利用するのと同じだって言うんだ。そう彼女は言ったんだよ。でも俺は嫌だった」

「しかしやったんだな？」ミックは言った。

「ああ。だって彼女のほうが年上だし。彼女が言うには、大抵のものは試したけど、今度は新しいことをやってみたいって。で、俺は背後から首を絞めた。テレビの格闘技で良くやってるみたいにさ」

「セックスをしながらか？」

デルマーはうなずく。

「で、どうなった？」

「失神したから、俺は彼女を寝かせたんだ。意識が戻ってこなくて、呼吸もしてないんだよ。俺は怖くなった。本当に震え上がったんだ」彼はわかってくれと言わんばかりに、チラリとミックを見やった。「そして、逃げ出したんだ」

「彼女はどうした？」

「丘から転がり落としたよ」

「徒歩で逃げたのか？」

「いや、車で逃げた」

「誰かに会ったかい？」

　デルマーはうなずいた。

「誰だい？　誰に会ったんだ？」

「ファッキン・バーニーだ」

　ミックはもう十分だと思ったが、万全を期することにした。

「そして家に帰ったのか？」

「いいや」

「どこへ行った？」

「マービル伯父さんの家だ。そしたら、ここに隠れてろって。うまく片付けてやるからって」

　と、デルマーの表情が突然に明るくなった。救われた、と彼は単純にそう思ったのだろう。

「なあ」と彼は言った。「俺の伯父貴があんたをここへ寄越したのかい？」

　突然、ポーチの外で床が軋《きし》んだ。ミックは片脚でターンするやサイドステップし、戸口へ銃口を振り向けてしゃがんだ。

「こんちは」と外から男の声が言った。「誰かいませんか？」

　ふたたび、床板の軋る音がした。ミスター・タッカーが、午後の太陽を背に受けて戸口に立っていた。肩から黄麻色のバッグを下げており、片手にはアメリカニンジンを握り、その長い巻きひげはまだ土色をしている。

ミックは銃を下ろして立ち上がった。タッカーは家に入り、無意識のうちに、そこにはないマットでブーツの底を拭った。

「ミスター・タッカー」とミックは言った。「いらっしゃるにはどうも最善の時とは言えませんね」

タッカーはニンジンをバッグに仕舞い込んだ。そしていきなり短銃身の三八口径を取り出すや、デルマーの胸部目掛けて三発発射した。デルマーは椅子ごと後ろへ引っくり返った。口から血の泡を吹き出して床の上をのた打ち回り、床板が赤く染まってゆく。内出血をしているのだ。ミックはデルマーの片側に膝《ひざ》を突き、弾の入射口に圧力をかけた。せん無い努力ではあろうが、やらないよりは増しだろう。やがて彼は息絶え、ミックは立ち上がった。

「お陰でまた、厄介ごとに巻き込まれてしまったな」とミックは言った。

「いいや、それはあの男がやったことだ。わしはあんたの手助けをしただけさ」

「なぜ撃ったんです?」

「ノニーはな、わしの女房の又従姉妹《またいとこ》だったんだ」

ミスター・タッカーの口調は、鉄のようにきっぱりとしたものだった。ミックは丘陵地に住む人間に共通する復讐心に燃えた発言を聞いて、自分の祖父のことを思い出した。ミックがもしこの地に留まっていたなら、彼もまた同じように考えたことだろう。彼はこの地を出て、その因習をひどく懐かしんだものの、帰郷する度にまたすぐに離れたくなるのだった。今彼にある選択はこの場を去って、全《すべ》てを決着済みとするか、あるいは、タッカーを自分の手で勾留《こうりゅう》するかだった。

「奥さんは？」

「医者によれば、あと一週間だそうだ」

「奥さんが死ぬ時には、傍にいたいのでしょうね？」

「そうだね」

「じゃあ、帰って下さい」ミックは言った。「ただし、僕がここにいたことはあくまでも内緒にしてほしい」

タッカーはうなずき、踵《きびす》を返した。

「ちょい待ち」とミックは続けた。「僕がこの家に来たとき、森の中にいたのはあんただったのかな？」

「ああ」

「見えなかったけど」

「そりゃまあ、そうだろう」

「どのようにしたんだい？」

「わからんよ」とタッカーは答えた。「いつもどおりにしただけさ」

彼は別れの挨拶《あいさつ》に顎《あご》を引くと、その場を離れ、森の中へ入って行った。ミックは見送りながら、小学校で用務員として働く前の彼はどんな男だったのかと考えていた。唯一確かなのは、殺す行為に不慣れではなかったということだ。彼はハエを叩くようにいとも容易に、デルマーを射ち殺したのだから。

ミックはズボンからシャツを引き出し、ナイフを使ってその裾《すそ》の部分を切り取った。鍵はまだ床に転がっている。シャツを使って手錠を摑《つか》むと、彼はデルマーを椅子から自由にした。手錠を布で包み、フランキーの銃や鍵と一緒にナップザックに落とし込んだ。四種類のブーツの跡が埃に汚れた床に残っている。が、部屋には箒《ほうき》がない。ミックはシャツを脱ぎ、ドアまで後ろ向きに歩きながら自分の足跡を消していった。慧《けい》眼《がん》の持ち主ならば、何者かが犯行現場をきれいにしたと思うだろうが、しかし、遺体を発見した連中がそんなことまで考えはすまいと見当を付けた。戸口のところで、ミスター・タッカーの小さな足跡を見つけ、彼はそれを拭《ふ》き取った。

ミックは中庭で足を止め、家全体を見直した。風雨に晒《さら》された羽目板、壊れた窓、ひしゃげた屋根。彼はコーディル一家のことを考えた――兄弟の一人は死に、もう一人は昔から行方知れず、そして今は中に遺体が転がっている。もし何かに取り憑かれた家があるならば、この家こそがまさにそうだろう。

# 第二十六章

ミックは森を抜けると、アスファルト道路の上で車を止め、数分を費やして自分のタイヤ跡を消し去った。一時間後、彼はジョンソン家の地所に到着した。クラクションを鳴らし、待ち受ける。太陽は西側の丘の背後に隠れ、ジョンソン家も夕闇に沈んでいる。Ｆ－１５０が中庭に停止していた。マネシツグミが鳴き始めた。これほど残念な鳥はいない。他の鳥の鳴き声を真似《まね》することしかできず、ひたすら同情に訴える。自分もずっとそんな生き方をして来た、そうミックは感じていた。

屋内のカーテンが少し動いた。誰かが外を覗《のぞ》いているようだ。やがて、ウェイドがポーチの上に姿を現した。ミックはトラックを降りた。

「やあ、ウェイド」と彼は言った。

「あんたはここじゃ歓迎されないよ」

「ああ、それはわかる。しかし、あんたは俺と話さなきゃならないんだ」

「何も言うことはないぜ」

「俺にはあるんだよ」ミックは言った。

「じゃあさっさと喋って、ウチの地所から出てってくれ」

「俺が言わなくちゃならんのは、お宅のみんなに対してだ。あんたに、双子たちに、それにお袋さんにだ。フランキーにもだ。心配するな。悪い話じゃない」

ウェイドはメープルの木を睨みつけた。そこではマネシツグミが盛んに友だちを求めて囀《さえず》っている。彼は中庭に唾《つば》を吐き、やがて肩を竦《すく》めた。

「俺はあのアホな鳥が大嫌いなんだ」と彼は言った。「夕方になると毎日、ここで鳴きやがる。お袋もいらつくばかりなんだが、俺に殺させちゃくれねえのさ」

二人は家の中に入り、ミックはリー・アンに会釈《えしゃく》した。彼女は花模様のクッションの付いたロッキングチェアに座っており、ウェイドは兄弟たちを呼び集めた。双子の兄弟は看護師のような気遣いで、フランキーをカウチに座らせた。ミックは彼ら一人ひとりに目を向けた。どの顔も、これ以上はない緊張感で強張《こわば》っている。ミックは話し出した。

「あんたたちはフランキーに銃を与え、デルマーの所に行かせた。そして俺が彼を家に帰らせた。俺たち全員がこの件に絡《から》んでおり、俺はみんなを助けたいと思う。ただし、全員が行動を一つにしなけりゃならない」

「デルマーはどうなった？」

「彼は死んだよ」

一家全員の緊張感が少し緩み、酷い天候が過ぎ去った後のような、わずかな静けさが感じられた。デルマーを殺したのは彼だと思っている――彼はそこに、全てを賭《か》けていた。彼らはミックに恐怖心をいだくことだろう。

「フランキーはあそこへ行ったことがない」とミックはウェイドを見ながら言った。

「彼があそこへ行ったことを知る人間はだれもいないということだ」

彼らはうなずきながら顔を見合わせている。

「フランキー」とミックは言った。「俺の言ってることを理解するんだ。いいか、お前はあそこにはいなかった。と言うことは、お前は俺が行ったことも知らないんだ。お前はデルマーを見ていない。もしも間違ったことを言えば、お前はずっと刑務所入りだ」

フランキーはうなずき、ミックは今度はリー・アンに向かい合った。

「奥さん」と彼は言った。「あんたは彼にしっかりと言い聞かせなきゃならない。ここにいる全員がだ。もし彼が何か言えば、みなが不幸に見舞われる」

「わかった」とウェイドが言った。

ノエルとジョエルは賛意を呟《つぶや》いた。

「この人の話を聞いたかい、フランキー？」とリー・アンが尋ねた。

フランキーは視線を伏せたままうなずいた。

「ありがとう」と、リー・アンはミックに言った。

「いや、まだ済んでませんよ」ミックは応じた。「もう一つあります。奴らはいずれ死体を見つけ、ここにもやって来るに違いない。俺はフランキーのことを知らんふりするが、あんたたちも俺のことを知らんふりしてほしい」

「何か他には？」とウェイドが訊いた。

「いいや、それだけだ」

ミックは一人ひとりにうなずいてみせ、ふたたびリー・アンに向き直った。

「フランキーは人を殺せるような男じゃない」とミックは言った。「彼はいい人間だ。時が来れば、乗り切ることができるだろう。彼をよろしく頼みます」

そう言って、ミックは家を出た。ウェイドが付いて来る。夜は静寂そのもので、マネシツグミはどうやら孤独を抱えてどこかへ飛び去ったようだ。ミックはトラックのドアを開け、ナップザックを取り出した。その中から、彼は手錠を包んでいる布切れを引っ張り出した。

「この手錠にはフランキーの指紋が付いてる。あんたのも、だ。あんたがフランキーに渡した銃は俺が持っている。もしあんたが俺の名前をバラしたら、俺の妹が手錠と銃を手にすることになる」

「本気か？」

「もっと酷いことだってやるぜ。取り分け、トラックと交換に殺しをやらせようとした男にはな。俺の言ってることはわかるよな？」

ウェイドはうなずき、ミックはトラックに乗り込んだ。窓を開け、コオロギやセミの声に耳を傾けながら窪地を抜け出した。アスファルト道まで出ると、グローブボックスから携帯を取り出してリンダに電話をかけた。彼はミスター・タッカーの件を除いた話をすべてするつもりだった。

彼の携帯には、妻からの伝言が一件と、妹からのメールが三件入っていた。ペギーが入院したという。

# 第二十七章

場所はセント・クレアー・メディカル・センター、ミックはその待合室に妹と共にいた。リンダの説明によると、早期破水によって、赤ん坊の健康に不安が生じたとのことだった。合併症の危険があるため、ミックは妻のいる病室内へ入ることができなかった。

「赤ちゃんを出さなきゃならないかも」とリンダが言った。

「出すって、どこへ？」ミックは訊いた。「レキシントンへかい？」

「違うわよ。そういう言い方をするの。帝王切開のことよ。赤ちゃんを守るためにするの。そのほうが安全なんですって」

ミックがこれまで経験した病院と言えば、陰鬱《いんうつ》な雰囲気の漂う復員軍人病院か基地のクリニックしかない。この病院のほうがずっと清潔だ。待合室には安楽椅子が置かれ、自動販売機が並び、音声を切ったテレビが点《つ》いている。人々はそれぞれに固まっている。室内装飾はきちんとされているのだが、明らかな緊張感が張《みなぎ》っている。看護師が歩き過ぎるたびに、何か情報は得られないかと一斉に彼女のほうを見るのだった。

「この病院の名前、ドクター・ルイーズに因《ちな》んでいるんですって」とリンダが言った。「この病院を建てる前に、彼女一万人の赤ん坊を取り上げたんだそうよ。クレアーがミドルネームなんですって」

ミックはうなずいた。

「でも彼女は聖人ではなかった」リンダが言う。「本物の聖人で、スペルの違うセント・クレアーという人がいるの。彼女はテレビの守護聖人なんだから」

「テレビの聖人がいるのかい？」

「そうよ。彼女、自分が病気の時に、ずっとテレビでミサを観《み》てたんですって」

「そんなこと、どうして知ってるんだい？」

「ここのドクターと付き合ってたことがあるのよ。フィラデルフィアの出身で、とにかく早口だった。訛《なま》りがきつくって、時にはわからないほどだったわ」

「そんな彼とじゃ上手《うま》く行きっこないな」と彼は言った。

「ラリーはここに長くいなかったわ。大きな医科大学が出資する、医師育成プログラムの奨学生だったのよ。彼らは医師を必要とする所にはどこへでも行く。ここだとかインディアン居留地だとか、ミシシッピ・デルタ地区だとか。二、三年働くと、ローン返済が免除される。彼はそれを終えて、ウィスコンシンで職を得たわ。あたしにも一緒に来ないかって」

「どうして行かなかったんだ？」

「あたしはここで、母さんの手助けをしなくちゃならないから、って言ったんだけど、それは嘘《うそ》ね。本当を言えば、あたしここを離れたくなかったのよ」

「俺も時々、そう思うよ。全部俺の責任なんだ——つまり、ペギーのことだけどね」

「自分を責めてどうなるの？」

　彼はうなずいた。

「ラリーは面白い話を沢山してくれたわ」彼女は言った。「一つは、ある男が救急処置室に奥さんを連れて来たんですって。彼女はヘビに咬《か》まれたとかで、ラリーがどんなヘビだったかって訊いたら、とにかく大笑いするほど……」

　リンダの電話が鳴った。彼女は答え、小声で話をしていたが、やがて部屋を出て行った。ミックはわかっていた、妹がいろいろと話をするのも、俺の心をなるべくペギーから切り離したいと考えていることが。それには深く感謝するが、しかし、どうにもならないことだった。自分自身の神経過敏が意外だった。今か今かとそわそわする父親は理解できるが、子供は自分の子ではないのだ。ひょっとしたら、周りの環境のせいもあるかもしれない。彼は室内にいるのが嫌だった。しかも病院は最悪だ——窓が少なく、色合いも地味で、職員だけがスリッパの音を立てずに忙しく行き来する。

リンダが戻って来た。表情が曇り、皮膚は強張り、唇は引き結ばれている。ミックは彼女を見つめ、待った。

「ジョニー・ボーイだったわ」と彼女は言った。「あんたに話があるの。でもここでは駄目」

ミックは彼女の跡を追った。様々な病棟が立ち並ぶ広い廊下を過ぎ、中央に看護師詰所があって、そこからまた別のホールに続いている。まるで迷路のようだ。二人はエレベーターに乗って下へ行き、新しい病棟を抜けてようやく外へ出た。二人の用務員が、それぞれの携帯を見ながら煙草《たばこ》を吸っていた。リンダはそのまま駐車場へと歩き、そこでやっと口を開いた。

「ボビーが死んだわ」と彼女は言った。「留置所で首を吊《つ》ったって」

ミックはうなずいた。

「気が付くべきだった。刑務官にも注意すべきだったわ」

「今度はお前が自分を責めてるよ」彼が言った。

「あたしたちも同じことをしたかもしれない。二人とも、どうしてこんな仕事に入り込んでしまったのかしら」

ミックは駐車場の真ん中まで歩いて行った。まず東を見、続いて西を見やり、最後に町を蔽《おお》っている黒々とした丘陵地を見やった。上空には三日月が掛かっていた。

「ここには昔、道路が走っていたんだ」と彼が言った。

「爺ちゃんみたいなことを言うのね」

「この病院は、この辺りの全てを接収して出来たんだよ」

「町の反対側では、大学が同じようなことをした。もうじき、ここには何もなくなってしまうかもね。進歩というのは、我々を破滅させるのよ」

「何だい、今度はきみが爺さんみたいだよ」彼が言った。

インターステートの連結地点から、十八車両のトレーラートラックのギアダウンをする騒々しい音が聞こえてくる。その背後から聞こえるのは、オートバイの高調子のエンジン音だ。巻き毛状の雲が煙のように空を斜めに横切ってゆく。火星はあたかもソケットに居を定めたかのようにその場を動かない。ノニーの死はさらに三人の死をもたらした――タナー、デルマー、そして今はボビーだ。弱い者は早く死ぬ。死は死を招き、彼にはその矛先を止めることができなかった。

彼は駐車場の端まで歩いた。金網のフェンスにモミジバフウとノバラが入り乱れて咲いている。その先に、木造りの小さな家があった。その家もいずれ、病院か大学のものになるだろう。ミックは、二つの強烈な力に挟まれたこの家のような気分だった。彼のキャリアと人生は共に押し潰され、逃げ場はもはやないかのようだ。彼は自分の家族に、この町に、自分の結婚に、森の中の小さなキャビンにさえ今や辟易《へきえき》していた。

リンダのポケットでブザーが鳴った。彼女の携帯がズボン越しに、小さな光を明滅させている。彼女は手を伸ばし、ミックは更なる訃報《ふほう》を聞かないで済むように遠ざかった。フランキーだ、と彼は胸の中で呟いた、彼に間違いない。彼を守るべき人間たちが、道具として彼を利用し、挙げ句に、障害物と今は見做《みな》しているのだ。

「ミック」と妹が叫んだ。「女の子よ！」

彼らはアスファルト路面を走り、産科病棟へ急いだ。看護師の説明では、出産時間は短く、順調だったとのこと。赤ん坊は健康で、小さいけれども未熟児ではないとのことだ。ペギーは硬膜外の麻酔を打たれ、ハイドロコドンを服用していた。赤ん坊は現在、新生児ケアを受けており、間もなく新生児室に移される。看護師はそれらに加えて、これからの二、三時間、母親はくたびれ果てていることをお忘れなく、とミックに釘《くぎ》を刺した。

部屋へ入ると、ペギーはベッドに身体《からだ》を曲げて横になっていた。彼は自分の汚れた衣服と、最近自分が関わってきた殺人事件に思いを馳せ、しばらく離れて佇《たたず》んでいた。

「来てくれたのね」ペギーは言った。

「ああ」と彼は囁《ささや》いた。「無論だとも……」

彼女は窓下のカウチのほうへ身振りした。代わりに、彼はベッドわきに椅子を引き寄せ、彼女の手を取った。

「嬉《うれ》しいわ、あなたが……」彼女は言った。「あたし、まさか……」

彼女の言葉が途切れ、目を瞑《つぶ》った。

「大丈夫」と彼は言った。「僕はここにいる」

彼女の呼吸は微睡《まどろ》むような調子になったが、手はしっかりと彼の手を握っている。様々な医療器具が発する穏やかな和音が心地よい。この心乱されない状態にずっと居たいと彼はふと思った。陸軍を引退し、ケイブ・ラン湖でボート小屋を営むのだ。それはペギーが何年も前に言い出したことだった。彼はその考えを深く考えもせずに拒否したが、砂漠の温度がカ氏百十五度にもなるときには、水辺の椅子に座っている自分を想像するに違いない。二、三年もすれば、あの子も魚釣りの面白さを知るんじゃないか、と。

　彼はうたた寝を始めた。看護師たちが入って来て、出て行く。医師が入って来て、器具を点検し、出て行く。それからまた看護師。そして次が妹だった。

「ミック」彼女は言った。「ミック、起きて。問題が起きたわ」

　即、目の覚めたミックは、リンダについてホールに出て行った。作業衣姿の女性が食事用ワゴンを押して無菌の廊下をゆく。ドアの開いた部屋から、家族の新参者の登場を祝う喜びの声が沸き起こる。看護師詰所近くの一番端に、ジョニー・ボーイと特別捜査官のウィルソンがいた。

「ＦＢＩの人間が」と彼女が言った。「あんたを逮捕するんですって」

　ミックは、デルマーの遺体がもう発見されたのかと疑いながらうなずいた。タッカーが話すことはないだろう。となると、ジョンソン家の連中だ。彼らはフランキーを見限ったのか？

「容疑は？」と彼は訊いた。

「無許可離隊《AWOL》よ。陸軍からの令状で、あたしにも知らせが来たわ」

「どうしてもっと前に言わなかったんだい？」

「言おうとしたのよ」とリンダは答えた。「でもペギーが入院して、あたしは待つことにしたの」

「新生児室はどこだい？」

彼女はまず、ジョニー・ボーイに手を上げて待つように合図してから、ミックに反対方向を指差した。二人は角を曲がり、大きなガラス窓の付いた部屋へ入った。反対端には、水槽のように四方を囲まれた透明のベビーベッドが列を成していた。そのうち四台は空っぽで、他のベッドには赤ん坊がいた――ほとんどは眠っており、モニターに繋がれた赤ん坊が何人か、そして二人が泣いていた。ベッドの片側に付けられた名札の一つには、〈ハーディン　女児〉と書かれていた。

ミックは三分間というもの、ベビーベッドの中を身じろぎもせずに見守った。まるでベッドの輪郭、赤ん坊の位置を記憶に刻み付けるかのように。赤ん坊の顔は小さくて赤かった。母親と同じ髪の色が白いキャップの下からわずかに覗いている。

「きれいな子ね」とリンダが言った。

「いくつかお前に話しておきたい」

「だったら早くして。ウィルソンがどれだけ待つかわからないから」

「デルマー・コリンズは死んでる」と彼は言った。

「誰が殺したの？」

「他にもう殺人はないはずだ。肝心なのはそっちのほうだ」

「死体はどこに？」

「昔のコーディルの家だ」彼は言った。

「そこには他に何があるの？」

「デルマーの車だ。証拠は何もない。薬莢《やっきょう》も足跡もない」

「あんたがそうしたのよね、違う？」

「俺は掃除をしただけで、殺してはいない」

「ファッキン・バーニー？」

「いや、奴じゃない。休憩所が閉鎖されたから、奴《やっこ》さんは新しい場所を見つけなくちゃならない。もしお前がその場所を見つけ、すべてに終止符を打ったら、お偉方たちも今度は圧力を掛けることはないだろうよ」

「全部、あんたが考えたとおりになったわけ？」

「いや、そうでもない」ミックは言った。「マービル・ノックスをつぶせれば良かったんだが」

「デルマーを殺したのは誰なの？」

「今はまだ話せない」彼は言った。

「いつなら？」

「奴を殺した男が死んでからだ。今は、一つ頼みがある」

「なに？」

「許す、とペギーに伝えて欲しい」

「他には？」

ミックはガラス窓越しに、ピンク色のサインを見つめた。〈ハーディン　女児〉

「うん」と彼は言った。「俺は戻ってこない、そう伝えて欲しい」

二人は新生児室を離れ、閑散とした廊下を歩いて行った。ジョニー・ボーイはしょんぼりとし、一方のウィルソンはやる気満々だった。

「あんたを連れて行かなきゃならん」とウィルソンは言った。

「文書を見せてもらいましょうか」ミックが言う。

「車の中にある」

「あたしが持ってるわ」リンダが言った。彼女は上着のポケットから書類の束を取り出した。「ファックスして来たのよ。全部公的なものだから」

彼女はウィルソンに、ユーモアの欠片《かけら》もない笑みを送った。

「彼女はあたしの囚人ですから」と彼女は言った。

「いや、ＦＢＩの管轄《かんかつ》です」とウィルソン。

「いいえ、違うわ」とリンダ。「あんたはここに手伝いにやって来た。あんたからあたしはそう聞いたし、あんたのボスのマービル・ノックスもはっきりとそう言ったわ」

「彼はボスじゃありませんよ」

「彼があんたをここへ連れて来たのよ。あんたは彼に報告している。彼の愛玩《あいがん》捜査官があんたなのよ」

「自分への指示は、ルイビルのオフィスから来ます」とウィルソンは言った。「無許可離隊者の名目で、あんたの兄さんを逮捕するようにと。これは連邦法違反行為であり、わたしは連邦政府の職員なんです」

「あたしはエルドリッジ郡の高等警察官です」彼女は手にした令状をウィルソンの手のひらに叩《たた》き付けた。声が硬い。「そして、あんたはあたしの仕事を邪魔しようとしている」

「後悔することになりますよ」ウィルソンが言った。

「丁度いいから、覚えておいて」彼女は言った。「あたしが経験した最大の屈辱は、あんたみたいな人と仕事をさせられたってことよ」

彼女は一歩近づいた。手を伸ばせば、ウィルソンに届く距離だ。ミックはこのような対立を数え切れないほど目にして来た。原因はプライドとエゴと尊大さだ。特に危険なのが独善的な人間の場合で、悪いことに、彼らの行動は予測しにくい。リンダがさらに一歩近づき、ウィルソンが下がった。

「リンダ」とミックは声を掛けた。「彼の言い分は正しいんじゃないかな」

「ちょっと黙って」彼女は突《つ》っ撥《ぱ》ねた。「あたしに考えがあるの」

病院のインターコムが救急室へ医師を呼んでいる。看護師がコンピューターを搭載したカートを押して静かに通り過ぎた。彼ら四人は数人の人々が視線を投げる中、緊張した顔を突き合わせていた。

「ジョニー・ボーイ」と彼女は呼んだ。「あんたの携帯、カメラは付いてる？」

「もちろん」

彼女は何事か考えながらうなずき、ウィルソンを見やった。

「あたしがミックに手錠を掛け、外へ連れ出します」と彼女は言った。「ジョニー・ボーイがその写真を、つまりミックとあたしの写真を嫌と言うほど撮る。外へ出たら、ミックをウィルソンの手に委《ゆだ》ねる。手柄は彼のものになって、あたしのお節介もそれで終り」

「なぜ写真を？」ウィルソンが訊《き》いた。

「ジョニー・ボーイは写真をみんなに見せるわ。新聞社にも送ってね。そうすれば、みんなは彼を捕まえ、引き渡したのがあたしだとわかるはず……」

「そりゃいいや」ミックが言う。「政治的な印象も文句なしだ。お前は実の兄貴を捕らえた保安官ってことになる」

「市長だって、あたしに手を出さなくなるかもしれない」

「みんなお前を恐れるようになるよ」とミック。「うん、いい考えだ」

彼は考え込んでいるウィルソンを見やった。威厳の切れ端を残そうと、彼が考える振りをするのはわかっていた。二十秒ほど待って、彼は肩を竦めた。リンダは、手錠を兄の手首に掛けた。四人はウィルソンを先頭にホールを歩き出し、ジョニー・ボーイは左右から何枚もの写真を撮り捲《まく》った。ミックは故意に、レンズから自分の顔が外れないようにした。

沈黙のうちにエレベーターを下り、病院の長い廊下を歩くあいだに、ミックは何人もの高校時代の同級生たちと出会った――患者、看護師、用務員、事務職員。壁の狭い窪《くぼ》みで花を売っている年嵩《としかさ》の女性は、母親の知り合いだった。妹に勾留されて病院を出て行く彼を、みんなが見守っていた。郡中に噂《うわさ》が広まるだろう。ネット上などではすでに記事が掲載されているかもしれない。

彼らは駐車場を横切り、ウィルソンの車に近づいた。リンダが手錠を取り外す。

「で、どうするの？」彼女はウィルソンに尋ねた。

「フォート・キャンベルで営倉入りだ」ウィルソンが答える。

彼はベルトに取り付けた手錠ケースへ手を伸ばした。

「長い道のりだな」とミックは言った。「手錠は無しだ。逃げないことは約束する。さもなければ、保安官に逮捕してもらうしかない。あんたの判断次第だ」

ウィルソンは渋々うなずいた。

「リンダ」とミックは言った。「お前は今日という日を、人生で最高の日として覚えているだろうよ。何せお前はついに、兄さんを囚われの身にしたんだから」

「そうね」と彼女は言い、小さく笑って見せた。「おそらくは」

彼らは一団となって祖父のトラックへ歩き、そこで彼はナップザックを受け取った。

彼はトラックのキーを妹に渡した。

「俺の言ったことを、ペギーに伝えて欲しい」

「わかったわ」彼女は言った。「ねえ、ウィルソン。もう二度とあたしの郡に来ないでちょうだい」

ミックはにやりとし、ジョニー・ボーイにうなずいてみせた。彼は車を回り、ウィルソンがカギを開けるのを待った。食事と給油の時間込みで、六時間ほどの道程だった。二人とも一言も喋らなかった。

このドライブの最中に、ミックは、自分の結婚はたまさかの共同作業を別にすれば、何年も前に破綻《はたん》していたのだと理解した。彼はしかし、それで十分だろうと考えていたのだ。たぶん彼は単純にして素朴に過ぎるのだろう。大概の人はみな若くて楽観的な時代に結婚するが、やがてバラの茂みのようにもたれ合うか、雑草のように離れて暮らすのだ。あれは一時的な火遊びだと、情緒的な繋がりを持たない単なる肉体上の関係だと見做すこともできたが、しかし、赤ん坊となると話は別だった。彼らは結婚生活の半分以上を別れて暮らして来た。ならば別れて暮らすほうが得策なのかもしれない。物事の解決が困難になった時、彼はすっとかわす術《すべ》を心得ており、彼はそれを個人的な〝逃げ業〟と考えていた。

他人の男の子供を受け入れるような人間になりたいとは思う。それは高潔な、名誉ある行為ではあるだろう。しかし彼は子供の顔を見るたびに、妻の背信行為を思い知ることになるのだ。ミックはその憤《いきどお》りと悲しみが、子供の成長に影響を与えるだろうと考えた。自分のこれまでを考えてみると、たとえ自分の子であってもひどい父親になりかねず、他人の子なら言わずもがなだ。結婚生活は終わり、彼は今、法的窮地に追い込まれて外国に旅立とうとしている。いや、それだけでなく、彼は連続する殺人事件を止めることもできなかった。彼はこれまでにあらゆる場所で、様々な失敗を味わってきたのである。

# 第二十八章

ケンタッキー州とテネシー州の境に位置するフォート・キャンベル陸軍基地は、１０１空挺《くうてい》師団及び第５特殊部隊群の本拠地である。ミックはそこで勉学に励み、後にＦＲＩＥＳ／ＳＰＩＥＳコースを修了し、危険地帯への侵入及び離脱方法を学んだ。

ウィルソンは前もって通行手続きの認可を求めていたが、彼らの到着予定は十一時で、セイバー・ゲートまでは後二十分の運転時間が必要だった。基地に到着するや、ミックは身体がほぐれるのを意識した。彼はわが家《ホーム》へと戻ったのだ。

ミックはＭＰ５０２大隊の所属する建物への道筋を、ウィルソンに伝えた。車を出ると、二人は伸びをした。伍長《ごちょう》の一人が囚人護送のための書類を作成し、その一部をウィルソンに手渡した。

「伍長」とミックは言った。「背中を向けろ」

「はい？」

「私の方が階級は上だ。背中を向けろ」

顔を顰《しか》めながら、伍長は身体を動かし、顔を背けた。ミックはウィルソンの腹目掛けて素早い一発を放った。肺から空気が飛び出し、彼は上体を二つに折って懸命に胸を喘《あえ》がせた。ミックは彼に近寄り前屈《まえかが》みになると、

「今のはタナー・カーティスの一発だ」と言った。

伍長はにやりとして、営倉指令官である陸軍中佐マクベイのオフィスへとミックを護送した。部屋は簡素で広々としており、ミックを落ち着かせる。アメリカ合衆国国旗があり、大統領の写真が置かれ、米陸軍犯罪捜査部《CID》の大きな紋章がモットーとともに描かれている。

### 為《な》さねばならぬことを為せ

ミックはかつてなかったほどの心身の安定を自覚した。制服を着用していないにもかかわらず、彼は直立不動の姿勢を取り、敬礼した。

「休め」と中佐は言った。

ミックは左足を肩の幅だけ左に広げ、両手を背後に回し、親指を組んだ。ファイル

を読みながら、中佐は時おり、鋭い一瞥《いちべつ》をミックにくれた。

「上級准尉《じゅんい》マイケル・ハーディン」とマクベイは言った。「きみは今なぜここにいるか知っているな？」

「ＡＷＯＬであります、サー。妊娠中の家内がおります。今日の午後に出産いたしました」

「おめでとう。だが、それが理由ではない」

ミックは一度うなずき、待った。

「きみの上官が即刻戻るように要請している。イタリアのキャンプ・ダービーで三件の殺人事件だ。私は利用できる最初の航空機にきみを乗せるつもりだ。二時間後に出発する。良かったな。もし少しでも遅れたら、きみは警備兵付きで一週間待たねばならなかった。食事とシャワーの時間がある。衣服も着替えるがよかろう」

彼は注意深くミックを見やった。

「きみの腕はどうしたんだ？」

「ラバに咬まれました」

「医者に診てもらうように」

「イエス・サー」

「これは命令だ、チーフ。アフガニスタンでは、ラバをＭ２４０機関銃や弾薬ベルト、ジャベリン・ミサイルの運搬に使っていたが、すこぶる気の荒い連中でね。おまけに病原菌の持ち主だ」

マクベイは椅子《いす》の背にもたれた。

「座りたまえ」彼は言った。

ミックは、マクベイのデスクの反対側にある木の椅子に腰を下ろした。

「私はロックに駐在したことがあるんだ」マクベイはドイツのバウムホルダー駐屯地の愛称を嬉しそうに口にした。「美しい国だった。楽しい町だし、ビールも旨《うま》い。きみの司令官を良く知っている。ホイッティカー大佐は私が仕えたなかでも最高の男性だったな」

「イエス・サー」ミックは答えた。「自分もそう思います、サー」

「きみの記録は圧倒的だな」彼はファイルを開いた。「軍人勲章、銀星賞、名誉負傷賞。ＣＩＤでは最高の栄誉だ。もしきみがヨーロッパの状況に退屈したなら、今度は私がきみの力を借りたいと思う」

「ありがとうございます、サー」

「別れ！」

ミックは立ち上がり、敬礼した。ドアへ歩き出したところで、中佐に呼び止められた。

「もう一つある。当番の私の部下に、よろしく言ってほしい」

「サー？」

「きみはＣＩＤの伝説的な人物だ。彼らの中にはきみを見習って入隊した者もいる」

「イエス・サー」ミックは言うと、部屋を後にした。

二時間後、彼は新品の衣服と、腕に新しい包帯を巻いて機上の人となった。離陸後、彼は三時間の睡眠を取った。そして後、リンダが彼に話さなかった逸話、ヘビに咬まれ、救急室に運び込まれた女性のその後へと思いを馳《は》せた。まるでパズルのように、彼はさまざまな角度から検討を試みた。可笑《おか》しい話なのか、それとも途中から可笑しい話に転じるのか、彼にはどうしてもわからなかった。いずれにせよ、ヘビに咬まれるのが楽しい事態のはずはない。

## 謝辞

軍の特殊任務に関して、多大の時間と情報を与えて下さった一等軍曹レビ・S・ヒューストンに礼を申し述べたい。法執行の細目については、ボウリンググリーン警察本部のジム・ハイド警視（退職）に感謝する。全《すべ》ての、如何《いか》なる過失も私の責任である。

　さまざまな援助、編集上の各種の意見に関して、私は次の方々に心から感謝する——エイミー・ハンドレー、ニコール・アラギ、カシ・ホワイトリー、ランディ・ライアン、ビル・ボイル、ミカエル・ファリス・スミス、イボ・カンプス、ダイアナ・シュッツ、アリ・フリードランダー、そしてレビ・ヘンリクセン。

　また、東部ケンタッキーの丘陵地に居住する、ホールドマン・マフィアのかつての多忙なメンバーたちに感謝している。

　そして最後に、詩人であり小説家であり友人でもあるメリッサ・ギンズバーグに対し、心からの感謝の念を付け加えたい。

# 解説

西上心太

本書はアメリカ人作家・クリス・オフットの本邦初紹介となる長篇ミステリーである。

カナダ南東部からアメリカ東部にかけて、長大なアパラチア山脈が斜め（北東から南西方向）に過《よぎ》っている。その山系の末端近くが広がるケンタッキー州の東部が、おそらく本書の舞台となった地域だろう。

ケンタッキー州といえば、アメリカクラシック三冠レースの一冠目を争うケンタッキーダービーが開催される競馬場があり、ブルーグラスミュージックの巨人ビル・モンロー生誕の地であり、バーボンウィスキーの蒸留所が多い土地である。大リーガーの多くが使うバット〈ルイビルスラッガー〉も州内ルイビル市にあるスポーツ用品会社の製品だ。

だが本書はそのような華やかで有名なケンタッキー州のイメージとは正反対の物語

である。

ケンタッキー州の片田舎にあるロックソルト。町の背後には広大な森林と丘陵地が控えている。その丘陵地で高価な野生のアメリカニンジンを採取していた老人が、殺された女性の遺体を発見した。被害者は四十三歳になるノニーだった。郡保安官のリンダ・ハーディンが事件を担当するが、彼女は別の問題も抱えていた。市長と郡判事の私欲が絡《から》んだ争いに巻き込まれ、捜査から外されようとしていたのだ。しかも両者とも女性保安官を信用しないという本音で一致しているのも、彼女にとって質《たち》が悪いことであった。そこでリンダは兄のミック・ハーディンに声をかける。

この事件は「ここではかつて起こったことがない」種類の殺人であるとリンダはミックに告げる。なぜならこの郡では「殺人事件があれば誰がやったか大抵の人が気が付く」からだ。たいがいは隣人か家族によって起こされたものであるというのだ。実に直情径行でシンプル。

被害者のノニーは、皆に好かれ、問題なく暮らし、敵もいない女性だったというが、一人の男に殺された事実に間違いないことを確信したミックは、妹や被害者のためではなく、犯人のために捜査に協力するという。

それが本書で描かれるケンタッキー州の片田舎の実情と、主人公ミックのバックボーンを表す言葉であることが追々わかってくる。

「ノニーの家族が何をするかわかるだろ？　犯人を見つけて銃をぶっ放す。挙げ句に監獄行きだ」

「俺はね、誰をも殺されたくはないんだ。海外で嫌と言うほど見てきたからね。止められるものなら、止めてみたいよ」

リンダに向かってミックはこう語るのだ。そう、日本のムラ社会以上に濃密な血縁関係が、あらゆることの上位に来るのがこの地方なのだ。これがテレビのニュースなどでは決してわからない、アメリカの田舎町の現実なのだろうか。一族の繋《つな》がりが強く、血縁関係のある家族を何にも増して尊重する社会なのである。しかも誰もが自衛のための銃器を所有しており、その使用をためらう閾値《いきち》はかなり低いという現実がある。西部開拓時代から培《つちか》われてきた独立心に富んだ自衛精神、といえば聞こえは良いが外の人間からすればかなり剣呑《けんのん》な社会なのだ。

ここでミックという男のことを紹介しておこう。ミックはもちろんこの土地の生まれ。彼が九歳の時に父親が死亡。母とリンダは町にある一家が住んでいた家でそのまま暮らすことを選ぶ。そしてミックは、町から離れた丘陵地帯にある曾祖父《そうそふ》が建てたキャビンに、曾祖父と祖父の三人で住むことになったのだ。そして二人は亡《な》くなるまで〈森にまつわる知識のすべてを、大恐慌《だいきょうこう》時代にまでさかのぼってミックに教え込んだ〉のである。

　長じたミックはやがて陸軍に入隊し、それからの十四年間を軍人として暮らしてきた。現在は陸軍犯罪捜査官（ＣＩＤ）としてドイツの基地に所属。ドイツ国内だけでなくシリアやアフガンで起きた殺人などの重大事件を何件も解決してきた腕利《うでき》きなのである。

　妻のペギーもミックと同じロックソルト生まれ。世界中に転属する軍隊生活になじめないペギーは、ロックソルトに買った家で一人暮らしをしていた。ところがミックの激務が災いしたのか、徐々に電話やメールでのやりとりが少なくなり、この六週間ほどまったく連絡が途絶えてしまっていた。そんなおりにリンダからペギーの妊娠を聞いたミックは、ようやく休暇を取り今回の帰国に繋がったのだ。ところがミックは妻がいる家に寝泊まりせず、曾祖父のキャビンで酒を飲み続け、盛大な二日酔で目覚めたところにリンダが訪れ、事件のことを聞くことになったのだ。

　ミックは妻との間に大きな問題（誰もが容易に想像がつくだろう）を抱えながら、

リンダの手助けのため、捜査に携わっていく。

世捨て人と称された祖父たちに育てられたおかげで、ミックも町中よりも丘陵地を好む。そのためミックはこの地に住む者たちからは、同じ内側の存在と認められている。さらにミックの一族は、敵対者を持たなかったため、聞き込みに行っても一通りの応対はしてくれるのだ。

だがそれも命がけである。ミックが祖父が乗っていた六十年ものの古いトラックで相手の家に近づくと、その家の者はほぼ例外なくライフルを抱えて、あるいは拳銃《けんじゅう》を潜ませた状態で姿を見せ、ミックに向かって誰何《すいか》するのであるから。

ミックたちは学校で〈我々に敵する者たちを赦《ゆる》すように〉という聖書由来の言葉を毎朝唱和させられていた。ところがこの丘陵地は〈不法侵入者は殺した後に許しを乞《こ》うたほうが得策〉という場所なのだ。

やがて最初の事件が呼び起こした新たな事件が起きる。その事件の後に、丘陵地特有の家族の歴史やそのありようにミックは思いを馳《は》せる。

〈アパラチア人は昔ながらの掟《おきて》に従って生きており、それによって行動を起こすこともある。公然たる侮辱は常に、個人的な問題である。復讐《ふくしゅう》行為は何世代にも

　わたって引き継がれる〉

閉塞《へいそく》した土地で生まれ育ち、軍隊に入り世界中の土地を見てきた男が、再びその因《いん》循《じゅん》な思考が支配する故郷に戻り、個人の問題を抱えながら殺人事件に挑む。ここには見立て殺人もトリックもないが、犯行の動機には横溝正史《よこみぞせいし》が戦後にかいた一連の傑作――『獄門島』や『犬神家の一族』など――と通底するものが感じられるのだ。

　作者のクリス・オファットは一九五八年にケンタッキー州レキシントンで生まれ、アパラチア山脈を臨む州東部のローワン郡の旧鉱山地帯ホールドマンで育った。本書のロックソルト周辺は、まさに作者の故郷がモデルと考えてもいいだろう。

　大学卒業後さまざまな職を経て、一九九二年に初の短篇集を出版し、作家の道を歩み始める。本書は長篇としては三作目に当たる作品だが、おそらく初の長篇ミステリーである。二〇二二年のＣＷＡ（英国推理作家協会）賞ゴールド・ダガーで、最終候補一歩手前のロングリストに選ばれた。決して多作な作家ではないことは、巻末の作品リストを見ていただければわかるだろうが、本書の続篇に当たる四作目の長篇*Shifty's Boys*（シフティの息子たち）が、間を置かずに刊行されていることに注目したい。

シフティという名前でお気づきの方もいるだろうが、本書に登場した老婦人である。その息子の一人が殺されるのが第二作の発端である。本書の後、軍に戻ったミックはアフガニスタンで負傷し入院生活を余儀なくされる。回復途上のミックは療養休暇期間を故郷で過ごすため帰国し、自身の保安官再選選挙を控えているリンダの家に居候《いそうろう》の身となる。母親のシフティは麻薬取引のこじれという市警察の見立てに納得できず、ミックに事件の解決を依頼するのだ。

　クライマックスでは迫力ある銃撃シーンも用意され、その一方で社会的な問題も浮上する作品だという。またシフティの家族以外にも、本書でおなじみの人物が何人も登場する。またミックとペギーのその後の関係や、ミックのこれからの人間模様も描かれているという。さらに、シリーズ第三作 *Code of the Hills*（丘の掟）も近々刊行との情報もある。ぜひともこれらの作品も翻訳されることを期待したい。

　豊かな自然、濃密な血縁関係が絡んだ暴力。アメリカの見えにくい地方での出来事を描いた興味深い作品が本書なのだ。読者の応援が次作の紹介にも繋がるので、ぜひ手にとってほしいと思う。

（令和五年五月、ミステリー評論家）

# クリス・オフット主要著作リスト

【長篇小説】

*The Good Brother*（1997）
*Country Dark*（2018）
*The Killing Hills*（2021）＊本書
*Shifty's Boys*（2022）＊
*Code of the Hills*（2023）＊
（＊は、ミック・ハーディン・シリーズ）

【短篇集】

*Kentucky Straight*（1992）
*Out of the Woods*（1999）

【ノンフィクション】

*The Same River Twice: A Memoir*（1993）

*No Heroes: A Memoir of Coming Home*（2002）

*My Father, the Pornographer: A Memoir*（2016）

【テレビ脚本】

True Blood（2008）『トゥルーブラッド』

※ “Burning House of Love”（シーズン1／第7話「愛の炎」）

“I Don't Wanna Know”（シーズン1／第10話「知りたくない真実」）

Weeds（2009）『Weeds ママの秘密』

※ “A Distinctive Horn”（シーズン5／第8話「合図はクラクションで」）

Treme（2012）

※ “Careless Love”（シーズン3／第6話）

本書は本邦初訳の新潮文庫オリジナル作品です。

L・ホワイト
矢口誠訳

## 気狂いピエロ

運命の女にとり憑かれ転落していく一人の男の妄執を描いた傑作犯罪ノワール。あまりに有名なゴダール監督映画の原作、本邦初訳。

D・E・ウェストレイク
木村二郎訳

## ギャンブラーが多すぎる

ギャンブル好きのタクシー運転手が殺人の容疑者に。ギャングにまで追われながら美女とともに奔走する犯人探し——巨匠幻の逸品。

P・ベンジャミン
田口俊樹訳

## スクイズ・プレー

探偵マックスに調査を依頼したのは脅迫された元大リーガー。オースターが別名義で発表したデビュー作にして私立探偵小説の名篇。

W・グレアム
三角和代訳

## 罪の壁

善悪のモラル、恋愛、サスペンス、さまざまな要素を孕み展開する重厚な人間ドラマ。第1回英国推理作家協会最優秀長篇賞受賞作！

D・ヒッチェンズ
矢口誠訳

## はなればなれに

前科者の青年二人が孤独な少女と出会ったとき、底なしの闇が彼らを待ち受けていた——。ゴダール映画原作となった傑作青春犯罪小説。

D・R・ポロック
熊谷千寿訳

## 悪魔はいつもそこに

狂信的だった亡父の記憶に苦しむ青年の運命は、邪《よこしま》な者たちに歪められ、暴力の連鎖へ巻き込まれていく……文学ノワールの完成形！

R・トーマス
松本剛史訳

**愚者の街**（上・下）

腐敗した街をさらに腐敗させろ――突拍子もない都市再興計画を引き受けた元諜報員。手練手管の騙し合いを描いた巨匠の最高傑作！

C・R・ハワード
高山祥子訳

**56日間**

パンデミックのなか出会う男女。二人きりの愛の日々にはある秘密が暗い翳を投げかけていた。いま読むべき奇跡のサスペンス小説！

J・ノックス
池田真紀子訳

**スリープウォーカー**
―マンチェスター市警
エイダン・ウェイツ―

癌で余命宣告された一家惨殺事件の犯人が病室内で殺害された……。ついに本格ミステリーの謎解きを超えた警察ノワールの完成型。

J・グリシャム
白石朗訳

**冤罪法廷**（上・下）

無実の死刑囚に残された時間はあとわずか――。実在する冤罪死刑囚救済専門の法律事務所を題材に巨匠が新境地に挑む法廷ドラマ。

T・R・スミス
田口俊樹訳

**チャイルド44**（上・下）
CWA賞最優秀スリラー賞受賞

連続殺人の存在を認めない国家。ゆえに自由に凶行を重ねる犯人。それに独り立ち向かう男――。世界を震撼させた戦慄のデビュー作。

D・ベントレー
村上和久訳

**奪還のベイルート**（上・下）

拉致された物理学者の母と息子を救え！　大統領子息ジャック・ライアン・ジュニアの孤高の死闘を描く軍事謀略サスペンスの白眉。

Title : THE KILLING HILLS
Author : Chris Offutt
Copyright © 2021 by Chris Offutt
Japanese translation rights arranged with Firebrick Productions Inc. in care of The Marsh Agency Ltd., London, acting in conjunction with Aragi Inc., New York, through Tuttle-Mori Agency, Inc., Tokyo

# キリング・ヒル

新潮文庫　オ－13－1

*Published 2023 in Japan*
*by Shinchosha Company*

令和五年八月一日発行

訳者　山《やま》本《もと》光《みつ》伸《のぶ》

発行者　佐藤隆信

発行所　株式会社新潮社

郵便番号　一六二―八七一一
東京都新宿区矢来町七一
電話 編集部(〇三)三二六六―五四四〇
電話 読者係(〇三)三二六六―五一一一
https://www.shinchosha.co.jp

価格はカバーに表示してあります。

乱丁・落丁本は、ご面倒ですが小社読者係宛ご送付ください。送料小社負担にてお取替えいたします。

印刷・株式会社光邦　製本・株式会社大進堂

© Mitsunobu Yamamoto 2023 Printed in Japan

ISBN978-4-10-240331-0 C0197